COLLECTION FOLIO

Philippe Delerm

Quelque chose en lui de Bartleby

Mercure de France

© *Mercure de France, 2009.*

Philippe Delerm est né le 27 novembre 1950 à Auvers-sur-Oise. Ses parents étaient instituteurs et il a passé son enfance dans des « maisons d'école » à Auvers, à Louveciennes, à Saint-Germain.

Après des études de lettres, il enseigne en Normandie où il vit depuis 1975. Il a reçu le prix Alain-Fournier 1990 pour *Autumn* (Folio n° 3166), le prix Grandgousier 1997 pour *La première gorgée de bière et autres plaisirs minuscules*, le prix des Libraires 1997 et le prix national des Bibliothécaires 1997 pour *Sundborn ou les jours de lumière* (Folio n° 3041), le prix Aliénor d'Aquitaine 2007 et le prix Sport scriptum du meilleur livre de sport 2007 pour *La tranchée d'Arenberg et autres voluptés sportives* (Folio n° 4752).

« Il n'y a pas de grandes vies. Il n'y a pas de petites vies. »

CLÉMENCE DUFOUR
Monsieur Spitzweg s'échappe

« Je ne m'embête nulle part, car je trouve que, de s'embêter, c'est s'insulter soi-même. »

JULES RENARD
Journal

Au Comptoir des Saints-Pères, la rumeur de la mi-journée s'enfle un peu vers treize heures, entre ceux qui déjeunent encore et ceux qui prennent leur café au comptoir. Dumontier repose sa tasse sur le zinc.

— Je vous ai dit, Spitzweg, qu'Arthur, mon dernier, avait choisi allemand première langue ? Je lui faisais réciter son vocabulaire hier soir, et je me suis demandé : est-ce que Spitzweg connaît la signification de son nom ?

Un petit sourire monte aux lèvres d'Arnold Spitzweg. Il prend le temps de finir sa tasse. À l'occasion, il aime jouer le matois. Avec Dumontier, c'est facile. Il faut lui laisser faire son numéro, surtout quand Jeanne Corval et Clémence Dufour sont à l'écoute.

— Non, répond Spitzweg. Je me débrouillerais encore un peu en dialecte alsacien, bien que j'aie peu l'occasion de le parler désormais. Mais l'allemand…

Il le sent bien, il eût inutilement vexé Dumontier en révélant qu'il n'ignore rien du sens de son patronyme. Il suffit de voir son collègue triompher :

— Eh bien « Spitz », le sommet, et « Weg », chemin. C'est-à-dire quelque chose comme le « chemin de crête » !

Madame Corval a le temps de commander quatre nouveaux cafés pendant que Dumontier jette un regard triomphal et goguenard sur l'assistance :

— Chemin de crête ! Vous dominez la situation, Spitzweg ! Vous êtes le philosophe qui regarde de haut nos petits destins avec la sagesse du penseur éclairé. J'aurais dû m'en douter !

Dumontier est allé un peu loin dans l'ironie. Il était pourtant fier de sa prestation, mais le petit rictus esquissé par Jeanne Corval et Clémence Dufour demeure énigmatique. Clémence croit bon de noyer le poisson :

— Pour moi, Spitzweg est surtout le nom d'un peintre allemand du XIXe dont j'apprécie beaucoup l'humour.

Madame Corval et Dumontier lèvent le nez au ciel en signe d'ignorance.

— Mais si, vous connaissez au moins deux tableaux de lui. Celui où on voit un vieux savant ou bibliothécaire juché sur une échelle devant tout un mur de livres, et surtout *Le Poète pauvre*, un écrivain dans sa soupente, assis dans son lit, avec un parapluie au-dessus de la tête.

— Ah ! oui, lance Jeanne Corval, il était dans

le Lagarde et Michard, pour illustrer je ne sais plus quel poème.

Clémence connaît bien Arnold, même si leur liaison fut fugitive. Quand il se tait de cette manière, c'est qu'il devient mélancolique.

— Allons, fait-elle, il est temps de regagner *La* Poste.

Insister sur l'article défini est une plaisanterie obligatoire, depuis que l'employeur de nos quatre personnages est le nom d'une société. Ils traversent la rue. Dumontier tient la porte ouverte aux dames avec une politesse un peu ostentatoire. Mais en s'effaçant devant Arnold, il poinçonne lourdement — que voulez-vous, c'est Dumontier.

— Chemin de crête ! Sacré Spitzweg !

Ce soir-là, en retrouvant son petit deux pièces, premier étage gauche, 226 rue Marcadet, Monsieur Spitzweg s'est dit qu'il allait se faire une vraie purée. Il s'est installé dans la salle à manger pour éplucher ses pommes de terre sur un vieux numéro du *Parisien* déployé. Par la porte-fenêtre ouverte donnant sur le balcon, la rumeur des enfants dans le square Carpeaux. Arnold a mis la radio, comme tous les soirs. C'est toujours un peu la même chose, ces débats où l'on sollicite quelques auditeurs — pardon de vous interrompre, j'ai un appel de Michel de Besançon. Monsieur Spitzweg n'écoute pas vraiment. Il trouve que la radio est une présence, pas du tout comme la télévision, qu'il ressent comme une nébulosité absente. C'est vrai, a dit un jour Clémence Dufour, ça tient davantage compagnie. Tenir compagnie. L'expression n'a guère plu à Monsieur Spitzweg. Il n'a nul besoin qu'on lui tienne compagnie. Son idylle avec Clémence ne fut qu'une courte parenthèse, refermée à l'amiable, et dont l'exception vint confirmer la règle. Depuis plus de quarante ans il est seul, et résolument satisfait de l'être. Par contre, il peut choisir une présence, sans routine. Parfois il se branche sur Beur FM, Radio Nova, Radio Aligre, TSF, ou même Radio Courtoisie, pour sourire un peu.

Ce soir, Arnold n'écoute pas vraiment *Le téléphone sonne*. D'abord, c'est la énième émission sur la maladie d'Alzheimer. Et puis les mots de Dumontier lui trottent dans la tête. Ce n'est pas de l'agacement — cela fait si longtemps que Dumontier a cessé de l'agacer —, mais la source d'une méditation. En fait, il s'en rend compte en épluchant ses patates, Arnold ne réfléchit jamais à son propre sujet. Il traverse les jours, à la surface. Il voudrait qu'on l'oublie, devenir transparent. Il voudrait s'oublier lui-même, traverser le temps et l'espace sans rien changer, sans déranger personne. Et voilà que l'ironie de Dumontier lui tend un miroir qu'il ne peut esquiver. Visiblement, c'est drôle de penser que son nom signifie « chemin de sommet ». Il comprend bien. Il se souvient de la condescendance avec laquelle on l'admirait, quand il avait disputé le marathon de Paris en quatre heures. Il y avait même eu un pot au bureau, comme si toute activité tranchante de sa part était ressentie comme une réjouissante incongruité. Il se rappelle aussi quel entêtement il avait dû manifester pour résister au désir de Jeanne Corval de le voir participer à *Questions pour un champion*.

Il savait bien qu'elle avait raison, qu'il aurait pu gagner la cagnotte, et même davantage tant il était habité par une hypermnésie qui lui paraissait normale, et que ses collègues jugeaient époustouflante. Tout ce que les autres oubliaient, les noms des seconds rôles, la composition des ministères, les dates des rencontres sportives, tout cela restait dans sa tête comme une évidence. Mais il avait renoncé devant l'embarrassante perspective d'être présenté comme un animal de foire, le risque d'être reconnu dans la rue — un frémissement d'horreur le parcourait encore à cette idée —, renoncé surtout devant cette équation qui s'était tout à coup présentée à son esprit : j'ai de la mémoire parce que je n'ai pas de souvenirs.

Ce genre de lucidité ne fait pas de bien, laisse toujours des traces. Monsieur Spitzweg n'aime pas se regarder dans les miroirs. Il ne s'y trouve ni beau ni laid, peut-être deux ou trois kilos en plus depuis qu'il a cessé toute activité athlétique. Son début de calvitie passe plutôt bien, dans une époque où beaucoup d'hommes ont le crâne rasé. Certes, il n'a rien d'un meneur, n'écrase personne sous le poids de ses ambitions, ne revendique aucun exploit, garde ses principes pour lui-même. En quoi y a-t-il là matière à s'étrangler de rire en découvrant que son nom signifie « chemin de sommet » ? Le geste d'Arnold reste en suspens, l'épluche-légumes levé, le regard perdu dans les allées du square.

Pour Dumontier, il est l'archétype de l'homme moyen, banal, interchangeable. Pourquoi à ce point ? La personnalité de Dumontier est-elle si riche en reliefs, si fascinante ?

Moyen. Arnold prononce le mot à demi-voix, le jette dans la tiédeur de cette fin d'après-midi de mai, les particules de lumière en suspension dans la lumière oblique. Moyen oui, l'idée lui plaît plutôt. À d'autres les crêtes et les sommets éblouissants. Médiocre voyageur, Arnold connaît son pays mental. Peut-être des collines quelque part dans la campagne anglaise, ou bien en Normandie. Des vallées pas trop encaissées, des courbes de rivière à fleur de champ, et puis l'idée du Nord, la plage de Coxyde. Surtout pas de paysages à l'estomac, d'effets trop appuyés, pas de pics, pas de gouffres.

Voilà pour la campagne. Mais son vrai paysage, c'est Paris.

« "Il adorait New York. Il l'idolâtrait démesurément..." Non, ça ne va pas... "Il l'idéalisait démesurément. Pour lui, quelle que soit la saison, New York était une ville en noir et blanc qui palpitait au rythme des airs de Gershwin." Euh, non. Recommençons... "Sa vision de Manhattan était trop romantique, comme tout le reste. L'effervescence de la ville le faisait vibrer. New York regorgeait de belles femmes et de types qui semblaient connaître toutes les ficelles de la ville..." Ah ! trop guimauve pour un homme de mon goût. Essayons quelque chose de plus profond. Chapitre un. "Il adorait New York." »

La voix off. Les premières phrases du *Manhattan* de Woody Allen. Monsieur Spitzweg s'est acheté le DVD juste pour se repasser ces premières minutes. Quand il dit aimer New York, ses interlocuteurs le regardent avec un peu d'incrédulité, puis finissent par lui dire : « Vous devriez y aller. Vous êtes libre. Qu'est-ce qui vous empêche d'aller faire un tour là-bas ? » Arnold répond qu'il ne prendra jamais l'avion. Cet aveu suscite toujours une petite gourmandise dans le regard des autres :

— Vous avez peur ?

— Non. Je n'en ai pas envie.

Ça calme, en général. Mais est-il bien raisonnable d'ajouter :

— Ce que j'aime, c'est le New York de Woody Allen. Pas besoin d'aller à New York pour le voir.

Avec le temps, Arnold s'est autorisé ainsi une culture très fragmentaire à base d'incipits, d'épilogues ou de morceaux choisis — parfois de simples bribes. Il ne regarde plus *La Vie et rien d'autre*, mais seulement la fin du film, la lettre de Philippe Noiret à Sabine Azéma. Ce passage le touche d'autant plus qu'il s'agit d'un renoncement amoureux, et Arnold s'y connaît un peu en renoncements. Dans *L'Éducation sentimentale*, il reprend indéfiniment le début de l'avant-dernier chapitre : « Il voyagea. Il connut la mélancolie des paquebots… » Très fort, la mélancolie des paquebots quand on est toujours resté à quai. Quant au CD qu'il affectionne par-dessus tout — *Concertos italiens*, Alexandre Tharaud joue Bach —, il s'en tient le plus souvent au premier morceau, la « Sicilienne du Concerto en *ré* mineur » BWV 596, qui dure deux minutes et vingt-neuf secondes. Une musique pour croire en Dieu, qui offre à celui qui ne croit pas une émotion d'autant plus forte qu'il ne lui assigne aucun champ d'application défini. Bien sûr, l'alchimie de l'effet n'est pas si simple. Il faut de temps à autre relire le livre, repasser le film ou le CD entiers, juste de quoi redonner son élan, son ampleur à la pépite singulière.

Mais *Manhattan*. Cette première phrase : « Il adorait New York. » Arnold s'est réjoui que cette ville soit New York. Paris lui restait. Paris que tant de chansons, de poèmes, de romans et de films ont célébrée ; Monsieur Spitzweg a tendance à les fuir. Une exception pour le *Revoir Paris* de Trenet, qu'il se chantonne voluptueusement à mi-voix toutes les fois — les rares fois — où il revient dans la capitale, qu'il ne quitte presque jamais. Pour le reste, Arnold préfère garder son regard sur Paris — avoir un regard sur Paris est son luxe, peut-être sa raison d'être. Ce fut d'abord un choix. Rien ne prédisposait le petit Spitzweg de Kintzheim — Bas-Rhin — à travailler rue des Saints-Pères, à habiter rue Marcadet. À l'époque, tout le monde à Kintzheim leva les yeux au ciel :

— Tu vas travailler à Paris ! Là-bas tout est pollué ! Et puis tu ne connaîtras personne !

Mais dès qu'il mit le pied sur le sol de la capitale, Monsieur Spitzweg sentit que l'air de Paris était fait pour ses poumons. Même les touffeurs du métro, même la grisaille anticyclonique qui mettait tant de temps à se dégager certains jours — rien à voir certes avec la brume de Kintzheim, le ciel bleu juste au-dessus sur l'automne des vignes. Mais dans sa vallée, la beauté lui semblait trop évidente. Un peu comme les sentiers des Vosges, trop bien balisés, sans aucune possibilité de se perdre. Quant à l'anonymat, difficile de le dire ainsi à ses concitoyens, il ne rêvait que de ça. C'était tellement lassant de sentir que le regard des autres vous emprisonnait.

— Tiens, c'est le fils Spitzweg qui va chez le boucher.

— Alors, Arnold, mon gars, qu'est-ce que tu prendras aujourd'hui ? Bientôt les vacances ?

Oui, l'anonymat. Un air de liberté. Et puis Hélène Necker à oublier.

C'est plus que de l'histoire ancienne. Hélène, la fille de la Winstub Necker, juste à côté de la menuiserie des Spitzweg. Arnold la trouvait bien trop jolie pour lui. Ils ont joué ensemble, fait leurs devoirs ensemble sur une table isolée de la winstub. Et puis Arnold est tombé amoureux, sans jamais rien en dire. Hélène s'est lassée. Le grand Wolheber était plus élancé, plus déluré, plus riche peut-être — fils de vigneron. Quand les parents d'Arnold sont morts, Arnold est parti à Paris. Un peu pour tout cela. Sans Hélène Necker, Monsieur Spitzweg serait-il locataire au 226 rue Marcadet ? La question ne s'est pas posée ainsi.

Monsieur Desmarets, propriétaire du 226 rue Marcadet, est très satisfait du locataire Arnold Spitzweg. Pas de bruit, pas de dégradations, aucune transformation. Aussi n'at-il que très raisonnablement augmenté son loyer depuis vingt ans. C'est un miracle fragile, car les moyens modestes d'Arnold lui permettraient difficilement d'habiter un deux pièces s'il lui fallait aller ailleurs, ou si Monsieur Desmarets vendait. Paris a changé, et le XVIIIe en particulier.

— De toute façon, a dit Madame Corval l'autre jour, on ne peut plus parler en terme d'arrondissements.

Il y a des expressions qui naissent, le bon XVIIIe et le mauvais XVIIIe, le bon XVIIe et le mauvais.

— Mais oui, a relancé Dumontier. À Abbesses, il n'y a plus que des bobos !

Ah ! Bobo ! Le mot déferle, depuis quelques années. Il y a des discussions au Comptoir des Saints-Pères, pour savoir si untel ou unetelle entrent dans cette catégorie. Rue des Saints-Pères, ou boulevard Saint-Germain, on en voit beaucoup, c'est sûr… Mais l'intérêt de l'analyse réside dans l'aspect masqué des personnages. Dans quelle mesure la bohème peut-elle cacher le bourgeois ? C'est vrai que, dans le VIe, il faut avoir un air artiste. Monsieur Spitzweg s'amuse en voyant tous ces quinquas, sexagénaires qui portent de larges chapeaux. Pour faire sourire Clémence Dufour, il chantonne à mi-voix une adaptation des plus réussies :

> *Avez-vous vu le chapeau de bobo ?*
> *C'est un chapeau, un chapeau rigolo.*

À défaut de chapeau, une certaine façon de porter les cheveux longs, même s'ils sont devenus rares, ou le crâne au contraire parfaitement rasé, associée à un soin millimétré accordé à la barbe très courte peuvent servir de révélateur. Pour les femmes, le regard d'Arnold manque d'acuité. Il laisse à Jeanne Corval et à Clémence Dufour le soin de distinguer dans les enveloppements d'étoffes les plus nonchalants la marque d'une qualité atteignant paraît-il des prix exorbitants.

De toute façon, Monsieur Spitzweg n'aimerait pas habiter le VIe. Le Luxembourg, les petites rues pavées qui descendent vers la place Saint-Sulpice, il aime trop tout cela pour en faire son ordinaire. Quand il quitte le passage Saint-André pour pénétrer dans la cour de l'hôtel de Rohan, il regarde toujours une petite terrasse, et songe que ce serait un bonheur absolu de prendre là son petit déjeuner, dans un silence étourdissant, nourri du passage des siècles. C'est très bien parce que c'est impossible. Rue de Buci, les fruits et les légumes sont tellement plus chers qu'au marché de l'avenue de Saint-Ouen. Acheter une livre de cerises aux premiers jours de mai, oui, comme on s'offre une coupe de champagne, comme une revanche sur les jours. Mais vivre ? il faut sans doute être bobo, très riche sans que cela se voie. Très riche avec *Libé* déplié devant soi à la terrasse d'un café.

Au demeurant, Monsieur Spitzweg n'a rien contre les bobos. Au moins, ils ont comme un remords lucide de leur compte en banque. Dans ses errances parisiennes, il arrive à Arnold de se promener vers les Champs-Élysées, l'avenue Marceau, la rue François-Ier. Il y croise des bourgeois qui ne sont pas bohèmes, des femmes engoncées dans de longs manteaux de fourrure qui les entravent en sortant du taxi. Elles lui font froid dans le dos, il sent la mort en elles. Pire encore peut-être au sortir des hôtels chics de la rue de Rivoli, tous ces touristes étrangers en tongs et bermudas qui trimbalent leur obésité triomphante devant des garçons en uniforme, obséquieux, espérants.

En fait, Arnold aime bien ne pas être riche. Certes, à Paris, cela devient de plus en plus difficile, un café deux euros, une pression à Bastille cinq. Mais devoir distiller au plus juste l'alchimie de l'attente avant de goûter un plaisir fait partie de sa façon d'être. Au reste, s'il ne se promène pas sur un chemin de crête, il n'est pas non plus au fond du gouffre. Il y a tant de SDF sur les trottoirs ! Dans une alvéole abritée de la banque, au sortir du métro Guy-Môquet, Monsieur Spitzweg a son SDF, celui auquel il parle quelques minutes chaque jour. Au début, il lui donnait un ou deux euros. Maintenant qu'ils se connaissent mieux, c'est plus difficile. Parfois, Arnold lui apporte un livre, souvent un Maigret. Il y a deux ans, le SDF était encore cadre dans l'informatique. Mais il n'aime pas s'épancher sur sa vie. Ils ne connaissent pas leurs noms respectifs, mais savent tous les deux qu'ils aiment le Paris de Simenon.

Le Paris d'aujourd'hui est à la fois le même et si différent. Des bobos, des bourgeois, des cas sociaux, des SDF. Beaucoup moins de gens moyens. Monsieur Spitzweg ferait-il partie d'une espèce en voie de disparition ?

Arnold entretient avec l'ordinateur des rapports difficiles. Il y eut d'abord des fulminations, puis une véritable angoisse — il allait falloir s'adapter à la toute-puissance de cet engin redoutable, sous peine de perdre son emploi. À l'époque, Clémence Dufour se révéla une alliée précieuse, dont la compétence en électronique se doubla vite d'une complicité sentimentale. Disons que ce fut l'occasion d'un rapprochement.

Va pour le travail. Mais dans la vie privée, Arnold prit longtemps plaisir à s'affirmer comme un intégriste du refus.

— Vous y viendrez ! pronostiquait Madame Corval. Tout le monde y viendra.

— Non, répondait Arnold. Je n'ai pas de place chez moi pour cet objet dont l'esthétique me glace et qui promet toutes les aliénations.

Beaucoup de ces propos furent tenus peu de temps après la liaison d'Arnold avec Clémence. Bien que sincères, ils étaient cruels pour cette dernière, dont la passion pour Internet s'avérait galopante. On pouvait même sentir chez Monsieur Spitzweg une sorte de jalousie. N'avait-il pas été en quelque sorte remplacé par Internet ? Clémence parlait à tout propos d'une ouverture infinie sur le monde. Fallait-il comprendre que ce nouvel oxygène contrastait avec une récente menace d'asphyxie ?

Sous ses dehors impavides, Arnold est un susceptible, tout le monde le sait bien au bureau. Il s'enflamme de préférence sur des sujets inattendus. Rentré chez lui, le soir, il s'est longtemps gaussé de voir son voisin d'en face rivé à l'écran d'un ordinateur, jusqu'à l'heure du souper, puis tard dans la soirée. Où son épouse passait-elle donc ? Peut-être avait-elle le même engin dans sa chambre ? À chacun son ouverture infinie sur le monde !

« Envoyez-moi donc un e-mail, Spitzweg ! » fut durant de longs mois une des flèches préférées de Dumontier, voire du receveur Lachaume. Dans le contexte d'un bureau de *La Poste*, on imagine quelles discussions purent ainsi être engendrées. En défendant ce qu'il fallait bien appeler désormais le courrier papier, Arnold trouvait des accents flamboyants pour stigmatiser la déshumanisation, la disparition de la poésie dans l'échange, le triomphe du virtuel sur le tactile.

Puis il capitula. Oh, les justifications ne manquèrent pas ! On faisait maintenant des portables si discrets, si légers. Bon gré mal gré, on ne pouvait échapper à son époque. Monsieur Spitzweg se garda bien dans un premier temps d'évoquer sa seule motivation réelle. Elle portait l'étrange nom de blog. La première fois qu'il entendit ce mot, Arnold haussa les épaules. Cela sonnait comme une espèce de borborygme scandinave, moitié blizzard et moitié grog. Il eut bientôt l'occasion d'écouter des commentaires consacrés à ce nouveau mode d'expression.

— Si on tient un journal intime, ce n'est pas pour le propager sur les ondes d'Internet !

Monsieur Spitzweg aurait dû se méfier de ce commentaire abrupt. Si seuls les imbéciles ne changent pas d'avis, Arnold est loin de la bêtise. Il devrait commencer à se connaître. Bientôt, mine de rien, il interrogea Clémence Dufour, d'un ton faussement détaché. Comment faisait-on pour tenir un blog ?

— Rien de plus simple ! lui fut-il répondu.

Pour noyer le poisson, il fit mine de se poser des questions sur l'ampleur du phénomène. Qui tenait des blogs ? Comment pouvait-on y accéder ?

Et certes, les premiers temps, il devint seulement lecteur de blogs. C'était vertigineux. Depuis plus de quarante ans, Arnold avait appris à composer avec la solitude. Et voilà que des milliers de solitude se livraient à portée de clavier et d'écran, révélaient sans apprêt leur différence. Car Arnold évita les blogs à caractère politique, érotique, thématique. Non, ce qui l'intéressait, c'était le journal intime, jeté comme une bouteille à la mer sur les ondes d'Internet. Il y avait pas mal de confessions fêlées, de paranoïa et de schizophrénie. Dans la découverte de ces épanchements, parfois bien embarrassants, Monsieur Spitzweg étaya le désir qui naissait en lui d'un blog léger, baladeur, à la surface des choses, sans philosophie ni morale — celui qu'il eût aimé lire, assurément. C'était désespérant de voir comment les gens pensaient se dire en déballant à l'infini des tartines de psychologie, en déplorant le cours défavorable du destin, en se situant dans une histoire.

Arnold ne pénétrait pas ces existences qui ne donnaient rien à voir, à humer, à regarder. Un temps déçu, il se sentit encouragé à rédiger un blog sans requête, sans exhibitionnisme, sans affectivité exacerbée. Sans partage ? La question méritait d'être posée. Le blog de Monsieur Spitzweg commençait ainsi :

« Il pleut. Les enfants ont quitté le square Carpeaux. Accoudé au balcon, j'ai allumé un petit cigare. Difficile d'éprouver le même plaisir depuis que la boîte est balafrée de ce rectangle noir et blanc : fumer tue. »

Monsieur Spitzweg est donc abonné à Internet. Oh, il ne passe pas son temps à chercher des chambres d'hôtes ou des tarifs préférentiels pour les voyages ! Et pour rien au monde il ne voudrait y lire le contenu des journaux. Quand Lachaume se vante de jouer ainsi avec l'essentiel du *Monde*, de *Libération* et du *Figaro*, Arnold fait la grimace. Un pianotage nerveux, une lecture sur écran froid, comment ces opérations pourraient-elles prendre la place de ce concept fondamental : lire le journal ?

Le journal. Pour Monsieur Spitzweg, on ne saurait lire *les* journaux. Encore moins les réduire aux nouvelles principales. Un journal, ça s'achète, se touche, se déploie, ça prend l'odeur du café-crème à la terrasse du Rouquet, l'angle de la rue des Saints-Pères et du boulevard Saint-Germain. Arnold arrive tous les matins en avance pour déguster ce quart d'heure privilégié. Il y a un kiosque, juste en face du café. La poignée de main du vendeur, assortie d'un commentaire minimaliste sur le match de la veille ou les caprices de la météo fait partie des usages. Arnold achète *L'Équipe* ou *Le Parisien*. Jamais les deux. Il a refusé la tentation de parcourir les gratuits pour préserver ce moment fort de la journée.

Pourquoi prendre un café en terrasse en lisant le journal relève-t-il d'une alchimie parisienne ? Monsieur Spitzweg s'est rendu compte qu'ailleurs cela ne lui procure pas le même plaisir. Paris est le centre du monde, et chaque lieu de Paris un centre absolu. La vie de Paris se suffit à elle-même. Alors, au cœur de Paris, s'intéresser à des nouvelles qui viennent d'ailleurs est un luxe délectable, comme si on caressait le présent avec un petit vent léger qui donne la sensation de s'oublier pour mieux se retrouver. Le sport est très bien pour ça. De grands événements irrémédiables qui ne changent rien du tout. Quant au *Parisien*, il s'agit évidemment d'une composition en abyme, dans un journal qui curieusement ne parle pas que de Paris — comme si autre chose existait.

Arnold plie son journal dans la poche de sa veste. Le soir, avant de s'endormir, il aimera parcourir les entrefilets les plus dérisoires : une bonne façon de trouver le sommeil. Plus tard, Monsieur Spitzweg versera une larme sur les adieux de Pauleta au Parc des Princes en épluchant ses oignons, six mois après l'événement. Arnold n'en finit pas d'entasser les vieux journaux au fond du couloir. Il aime s'appuyer sur le coussin des jours.

Arnold a lu l'affiche en achetant sa baguette : « Dimanche 14 mai. Église Sainte-Geneviève-des-Grandes-Carrières. 17 heures. Quatuor à cordes Fan Tutte. »

C'est bien, ces spectacles du dimanche après-midi. Cela dissipe un peu l'inévitable mélancolie des soirées dominicales, où tous les dimanches soirs sont enfermés. Entrée libre. Monsieur Spitzweg sait qu'il en sera quitte pour acheter le CD à la sortie — c'est toujours moins bien que le concert, on est déçu, mais on se dit que ça fera un souvenir ; en fait, on ne l'écoute même pas jusqu'au bout. Il a plu presque toute l'après-midi, mais Arnold s'est fouetté le sang avec un grand tour sur la Butte en plein vent.

À Sainte-Geneviève-des-Grandes-Carrières, il y a du monde, dès cinq heures moins le quart. La gratuité du concert, mais aussi sans doute la présence de la famille et des amis des musiciens, de pas mal de paroissiens — Arnold imagine l'annonce que le curé a dû passer, juste avant de terminer sa messe. Le quatuor entre dans le chœur par la porte de la sacristie. Deux hommes, un violoncelliste chauve et replet, un violoniste aux longs cheveux argentés. Les deux jeunes femmes sont blondes, minces, très élégantes dans leur robe noire. Les musiciennes sont presque toujours jolies. Il semble à Monsieur Spitzweg qu'il n'en était pas ainsi par le passé. Les instruments s'accordent. Dans le public, on se racle la gorge. Dès que le premier morceau est entamé, un spectateur est saisi d'une irrépressible envie de tousser. Il y a toujours ainsi plein de petites choses irritantes dans les concerts. Presque des rites. À la fin du premier mouvement, quelques spectateurs applaudissent. Arnold ne sait pas ce qui est le plus agaçant : la gêne des applaudissants, qui se rétractent en sentant qu'ils ne sont pas suivis ; le mépris presque palpable de ceux qui savent, et considèrent les autres comme des ploucs ; ou encore la mansuétude des musiciens, qui admettent bien que tout le monde ne soit pas mélomane, et esquissent un petit sourire de pardon, avant d'attaquer sans plus tarder le mouvement lent, pour ne pas prolonger l'équivoque.

Juste devant Monsieur Spitzweg, un couple de son âge. Avant le début du concert, ils se sont installés sans rien se dire. Le mari a gardé son parapluie pliant à la main. Maintenant, il fomente de s'en séparer, non sans secouer les quelques gouttes qui glissent encore à la surface de la toile. Son épouse l'a laissé faire tant que ce petit manège est resté discret. Mais bientôt Arnold a reconnu chez elle des ondes d'horripilation. Ce furent d'abord d'infimes rétractations du dos contre l'inconfortable dossier de la chaise paillée. Un premier regard réprobateur sur sa droite, des plus furtifs, indiquant qu'elle ne souhaitait pas abandonner plus d'une fraction de seconde l'ineffable volupté que lui procurait le quatuor de Brahms. Ce premier signe n'a pas été assez dissuasif. Elle doit à présent recourir au coup de coude discret dans les côtes de son conjoint. Celui-ci lève vers sa compagne un regard interrogateur — beaucoup moins sensible qu'elle à la fragilité du message musical, il n'a pas imaginé en quoi son silencieux mouvement de parapluie pouvait lui attirer des foudres conjugales. Cette fois, le regard de sa moitié se fait comminatoire. D'une avancée impérieuse du menton, elle lui intime l'ordre de déposer l'objet du délit sur le sol.

Il y a de la haine dans ce muet échange. On sent que la complicité des corps est devenue perverse, juste une manière de traduire l'irritation, la résignation lasse. Combien a-t-il fallu de fêlures profondes et plus encore de dérisoires exaspérations, de gestes intimes réprouvés, pour en arriver à ce code cruel ?

Monsieur Spitzweg sent monter en lui un soupir d'aise. Il se carre voluptueusement sur sa chaise. Brahms va le prendre en son pouvoir. Quel bonheur d'être seul !

Dumontier s'est lâché. Les vitres du Comptoir des Saints-Pères résonnent encore de sa véhémence.

— Les blogs ! Les blogs ! il n'y en a plus que pour ça. Voilà que les radios sont envahies de chroniques sur les blogs. France Info et France Inter à présent ! Mais qu'est-ce qu'on en a à faire ? Les gens s'expriment, bon ! Ça les regarde. Si ça permet à tous les paumés de peupler leur solitude, grand bien leur fasse ! Mais on ne va pas disséquer ça pour des millions de gens pendant des heures !

Clémence Dufour, comme toujours, a joué la conciliation :

— Oh ! vous savez, cela permet sans doute aux journalistes d'occuper l'antenne sans beaucoup se fatiguer. On va gloser sur les idées des autres, c'est moins dur que d'en trouver soi-même. Surtout, on prend moins de risques, on se sent à l'abri !

Jeanne Corval n'est pas du genre à cacher ses états d'âme.

— Eh bien moi, ça m'intéresse beaucoup ! D'abord, les blogs chroniqués par les radios sont souvent très originaux, ou très drôles. Ça change de la grisaille ambiante de l'information et du politiquement correct. Et puis les blogueurs ne sont pas des paumés, comme vous le dites. Peut-être parfois des gens un peu seuls, mais qui ne l'est pas ?

— En tout cas, reprend Clémence, il y a dans les blogs un ton de vérité, d'authenticité qui dépasse la simple conversation. Les gens se livrent vraiment. Pourquoi refuser cette occasion d'entendre ce que les humains ont profondément envie de faire entendre ?

L'opposition devant témoins est plutôt stimulante, surtout lorsque l'on est aussi soupe au lait que Dumontier. Particulièrement sensible aux réticences du camp féminin, il ne pouvait décemment battre en retraite :

— Eh bien bloguez, bloguez si ça vous chante. Tout le monde pousse son petit cri dans son petit coin. Pendant ce temps les entreprises délocalisent, il n'y a plus de retraites, de moins en moins de sécurité sociale. Mais ça ne fait rien, tout le monde s'exprime !

Dumontier a terriblement accentué le « i » de « s'exprime », avec une expression des plus sardoniques. Aux tables voisines du comptoir, on commence à le regarder avec réprobation. Il avise soudain Arnold qui touille son absence de sucre dans sa tasse de café — Clémence a fini par le convaincre que le café en devenait infiniment plus savoureux.

— Ah ! Spitzweg ! a fait Dumontier en se rassérénant. Voilà au moins quelqu'un qui ne me démentira pas.

Arnold a pris tout le temps qu'il fallait pour déguster sa dernière lampée.

— Je tiens mon blog depuis un mois.

« Je ne sais pas ce que c'est que l'ennui. Je peux rester des heures dans l'endroit le plus neutre, une salle d'attente, un hall de gare. Même sans livre à lire, sans journal à feuilleter. Quand, chez le médecin, quelqu'un soupire et dit : "C'est long", j'approuve, par politesse ; je n'en pense pas un mot. Bien sûr, quand il y a des gens à observer, à écouter, ce n'est pas mal. Mais je supporte très bien de m'intéresser indéfiniment à un bout de papier peint qui se décolle, une lézarde infime à l'angle du plafond, à la structure métallique des chaises, au désordre des magazines sur la table basse. Je n'en tire pas gloire. Ce blog est pour moi la première occasion de confier cette façon d'être.

« Autour de moi, je vois des gens avec des petites pastilles blanches ou noires dans les oreilles. J'ai du mal à penser qu'ils écoutent de la musique ou des chansons. Partout. Dans le bus, le métro, et, ce qui m'étonne le plus, en faisant du vélo, du jogging. Avoir envie de plusieurs choses en même temps, cela me dépasse. Il me faut bien accepter d'être différent à cet égard. C'est sans doute une sorte d'infirmité. J'avais du mal à supporter mon amie Clémence quand elle mettait systématiquement de la musique en rentrant, ou passait des heures à envoyer des SMS à ses cousins de province qu'elle ne voyait jamais. Je pense que cela a dû jouer dans notre séparation, davantage que je ne l'ai pensé à l'époque.

« J'aime être seul, c'est vrai. J'aime surtout pouvoir accueillir les choses. Devenir les choses. Même une lézarde ou un bout de papier peint qui se décolle. Il me faut de la lenteur et du silence, le moins possible d'horaires programmés. Le travail, pour moi, c'est renoncer à cette vacance : le prix à payer, c'est du temps à donner. Obéir aux clients, être aimable avec eux, ça ne m'intéresse pas vraiment mais c'est normal : j'y gagne le pouvoir de retrouver ma vraie raison d'exister, avant, après. Je me rappelle que ma mère citait toujours cette phrase de Voltaire : "Le travail éloigne de nous trois grands maux : l'ennui, le vice et le besoin." Sans trop savoir pourquoi, je sentais que ces mots ne me concerneraient guère. Le vice ? J'en ai quelques-uns, sans plus, me semble-t-il. En aurais-je davantage si je ne travaillais pas ? Quant au besoin, j'en suis presque complètement dépourvu, et je sais que c'est une chance. L'autre jour, dans *Le Parisien*, j'ai lu que notre Président de la République exaltait la morale du travail. "Pour gagner plus", disait-il — ce qui ne m'a jamais intéressé. "Mais aussi pour la satisfaction d'avoir travaillé."

« Cette phrase m'a plongé dans une longue méditation. La satisfaction d'avoir travaillé ? Oui, sans doute, si l'on est un chirurgien qui sauve des vies, un savant, un créateur, un enseignant capable de modifier le cours de quelques existences. Mais pour quelqu'un comme moi, comme Dumontier, comme Jeanne Corval, comme Clémence, et même comme Lachaume, comme presque tous les gens en fait, non je ne crois pas que nous vivions pour la satisfaction d'avoir travaillé. Bien sûr, il y a des êtres qui travaillent de façon réellement singulière, qui font des choses que personne d'autre ne pourrait faire à leur place. Ce n'est pas mon cas.

« J'écris dans le square Carpeaux, assis sur un banc, le portable posé sur mes genoux. C'est une position nouvelle pour moi. Elle ne m'empêche pas de regarder le spectacle. Au contraire. Je crois que les nounous autour de moi, les vieux messieurs et les vieilles dames sont plutôt rassurés. Je suis l'homme à l'ordinateur. L'autre jour, comme je cessais de tapoter sur mon clavier pour m'abîmer dans la contemplation du kiosque à musique, une petite mémé m'a lancé sur le "C'est pratique maintenant ces appareils, on peut tout faire."

« Tout faire. J'ai opiné courtoisement. Tout faire. Je n'allais pas me lancer dans une longue réponse. Et puis expliquer quoi ? Que précisément j'utilise mon Mac pour dire que je ne fais rien ? »

Monsieur Spitzweg a rabattu le couvercle de son ordinateur. Il sourit à cette idée. Ne rien faire et dire que l'on ne fait rien. C'est différent. L'effort pour trouver les mots ne tue pas la sensation. Arnold ne parle pas de tout ce qui fait le miel de sa vie. Mais il sent désormais qu'il pourrait en parler. Même quand il est très loin de son blog, il se surprend parfois à chercher une formule pour dire le présent, une ombre, un signe. Monsieur Spitzweg est sur le motif.

La chaleur est là. Cela arrive assez souvent à la mi-mai. Arnold le sait pourtant : la première semaine de Roland-Garros, la dernière du mois, sera fraîche et pluvieuse. Le beau temps à Paris est toujours un peu étrange. La réponse des autochtones est immédiate. Tout de suite, dans les quartiers, on voit des caracos, des shorts, des tongs, des terrasses bondées, des pelouses de square envahies. L'idée suspendue dans l'air n'est pas tellement qu'il faut en profiter parce que ça ne va pas durer. Plutôt le sentiment d'une espèce d'éternité, vécue dans l'évidence. Sans véritable hâte, mais sans aucun retard. Certains commerçants se sont quand même laissé surprendre.

Il fait si chaud ce soir. Manches de chemise retroussées, Monsieur Spitzweg a dérivé jusqu'à l'île Saint-Louis. Surprise : à vingt heures, son glacier italien préféré est déjà fermé. Arnold y a ses rites de beau temps. Un cornet double, tout café. Au début, il jouait avec des associations :

café-cerise, café-noisette, ou café-pain d'épices. Ces tentatives l'ont convaincu que trop de raffinement dans le désir finissait par tuer le plaisir. C'est le café qui restait le meilleur. Alors à prendre tout café, il a désormais l'impression de tenir en filigrane la cerise, la noisette ou le chocolat noir, d'en déguster la saveur sublimée, puisqu'il a su les dédaigner.

Le raffinement du glacier italien ne s'arrête pas à la qualité de son parfum café. Les serveuses, robes noires, manches courtes gonflantes, portent une coiffe de tissu qui hésite entre la toque et le béret, avec un petit côté commedia dell'arte du meilleur effet. Elles ne se contentent pas de remplir un cornet. Avec des gestes savants du dos de la main, elles vous dessinent au moyen d'une spatule une fleur de glace, pétale à pétale, sans cesser de plaisanter avec leur voisine dans la langue de Dante. On ne se sent pas exclu pour autant : cela fait partie de la mise en scène.

Arnold s'attendait à trouver le petit attroupement rituel de touristes et d'habitués devant la boutique. Mais avant même de tourner le coin de la rue Le-Regrattier, il a deviné la déception : l'absence de rumeur était un signe sûr, hélas. C'est le premier soir de beau temps. Le commerce va suivre, les chalands l'ont devancé. Monsieur Spitzweg sort un petit Niñas pour se consoler. La fumée lui semble un peu aigre, moins voluptueuse que l'amertume triomphale de la glace au café, mais enfin...

Ses pas le mènent jusqu'au quai d'Orléans. Il s'apprête à descendre les marches pour flâner en contrebas, au bord du fleuve. Un spectacle inattendu l'arrête. Tout le bord du quai est non pas envahi, mais habité. Des petits groupes de jeunes gens, plutôt entre vingt et trente-cinq ans. Par quatre, cinq ou six au maximum. La plupart ont déplié une nappe sur le sol. Il y a des bouteilles de rouge, du camembert, du saucisson, du pain : un programme gastronomique étonnamment franchouillard, déballé sans complexe. Il y a surtout une sensation palpable d'extrême civilisation. Les conversations sont discrètes, sans explosions de rires ni tentatives feintes de pousser quelqu'un à l'eau. L'irritante question traverse un instant les pensées d'Arnold : dans quelle mesure ces jeunes sont-ils des bobos ? Agacé, Monsieur Spitzweg se promet de ne plus tenter d'analyses de ce genre. Que restera-t-il du plaisir de Paris, si chaque manifestation d'évolution est suspectée de boboïsme ? Des étudiants, de jeunes salariés, des chômeurs, sans doute. Malgré son nombre, l'ensemble dégage à peine une rumeur, comme si la texture de ce premier vrai soir de beau temps était fragile, et qu'il faille le saluer sans l'effaroucher. Quelques groupes de garçons, avec un volumineux pack de bières. Mais la dominante est au mélange garçons-filles et au pique-nique.

Accoudé à la rambarde de pierre qui domine le quai, Arnold sent monter à ses lèvres un sourire béat, comme ceux qui vous gagnent devant un bébé ou un chaton, il distingue de légères évolutions dans l'évolution des cercles. Ceux qui en sont au début de la collation restent rassemblés. Ceux qui en ont fini avec l'alimentaire se dissocient plus nettement, garçons entre eux, filles entre elles. Arnold vitupère parfois l'excès vespéral des horaires parisiens. En l'occurrence, il est bien content de savoir que nombre de petites surfaces et d'épiceries resteront ouvertes jusqu'à vingt et une heures. Car déjà sa décision est prise.

Il traverse la Seine, finit par trouver sur la rive gauche un magasin d'alimentation. Une demi-bouteille de bordeaux, une salade mexicaine, une livre de cerises à dix euros le kilo — un peu une folie, mais ce soir-là est différent. Monsieur Spitzweg jubile. Il revient à grands pas vers le fleuve, comme s'il était menacé de ne pas trouver de place. Il décide de s'installer en contrebas de la Tour d'Argent, vue imprenable sur le chevet de Notre-Dame. Pas désagréable d'imaginer qu'au-dessus de soi des gens paient une fortune pour s'offrir la même vue sur le soleil qui passe entre les tours de la cathédrale. La même vue, dans une atmosphère compassée, étriquée, avec un serveur cerbère qui lorgne votre verre et se précipite pour le remplir dès que vous l'avez vidé — l'horreur.

Arnold s'assoit en tailleur, une position jeune, qui lui fera peut-être mal au dos tout à l'heure.

C'est à ce genre de détail qu'on perçoit le passage des ans. Pour l'heure, il est tout à la volupté de sortir de sa poche le couteau suisse dont il ne se sert jamais, qui gonfle son pantalon du plaisir des voluptés inassouvies. « Ça peut servir à plein de choses. » Eh bien ce soir ça va servir, pour la première fois. Il y a un tire-bouchon, une minuscule cuillère. En ouvrant sa bouteille de graves, Monsieur Spitzweg se rend compte qu'il n'a pas de verre — gênant quand même de boire du vin rouge à la bouteille. Juste à côté de lui, des jeunes utilisent des gobelets de plastique blanc. Avec une audace qui l'étonne un peu lui-même, Arnold leur demande si par hasard... Aucun problème. De toute façon, c'est un soir sans problème.

Au-delà du service rendu, Monsieur Spitzweg apprécie les rapports de courtoisie qui émaillent ainsi la vie sociale de Paris. Il y en a beaucoup, quoi qu'on en dise, en dépit de toutes les défiances et de l'anonymat supposé hostile. Pour quelqu'un qui vit seul, qui se trouve presque toujours seul dans les lieux où les autres se retrouvent ensemble, c'est très important. Demander un gobelet en plastique ne nécessite pas de longues explications, de commentaires dilatoires. Arnold imagine une scène équivalente à Kintzheim. Il faudrait plus ou moins révéler qui on est, au moins esquisser en parallèle une discussion météo. Civilité et curiosité se trouveraient d'emblée mêlées, dans une abondance ambiguë. Et que dire du sud, qu'Arnold ne connaît pas, qu'il imagine trop ? À Paris, on ne vous demande pas de droit de douane pour exister. Souvent, on a plaisir à vous rendre un service. Mais on vous laisse dans votre bulle, au café, au restaurant, dans le métro, dans le bus. Les regards n'ont pas d'efforts à faire pour s'éviter. C'est une mécanique de la pudeur — d'autres diraient de l'indifférence, mais Arnold ne pense pas ainsi.

C'est un bon soir pour être dans sa bulle, si près des conversations alenties. Monsieur Spitzweg déguste le rouge de son verre dans un gobelet de plastique blanc. Il y a la langueur des soirs qui se prolonge étonnamment dans une trace de lueur orange entre les tours de Notre-Dame. Comme le graves est léger !

À la Fnac, Monsieur Spitzweg a ignoré la table rose consacrée à la *chick-lit* — la littérature de poulettes, ce n'est pas son créneau, son segment, comme dirait Lachaume. Il s'est approché d'une autre table consacrée à un choix de livres de poche. Tout de suite, il a été attiré par la couverture. Un vieux bonhomme grimpé sur une échelle de bibliothèque, devant un immense mur de livres. Quand Clémence l'autre jour a évoqué les deux tableaux de Carl Spitzweg « que tout le monde a déjà vus », Arnold s'est senti un peu stupide. Sa connaissance de l'œuvre de son homonyme s'arrêtait au *Poète pauvre*, reproduit dans son Lagarde et Michard de lycée. Il a retourné le volume, sachant déjà quel nom il trouverait en consultant les références de l'illustration. Le nom de l'auteur du roman, Herman Melville, lui était familier. Il avait dégusté naguère un autre court volume, *Moi et ma cheminée*, qu'il avait trouvé délectable. Le titre, *Bartleby l'écrivain*, lui disait quelque chose.

Étrange récit, dont la lecture sur un banc du square Carpeaux a laissé Arnold pantois. Pourquoi Bartleby *l'écrivain* ? Le personnage central n'est pas un créateur. Un simple commis aux écritures, dans un bureau de Wall Street où il côtoie un patron, deux collègues. À la différence de ces deux derniers, il ne boit ni thé, ni bière, ni café. Il passe de longues heures à rêvasser devant une fenêtre donnant sur un mur de briques. Chaque fois qu'on lui propose un travail sortant si peu que ce soit de sa routine de copiste, il répond : « Je préférerais pas. » Bientôt, son chef — le narrateur de la nouvelle — s'aperçoit que Bartleby n'a pas d'autre domicile que le bureau, où il revient en cachette quand les autres sont partis, dormant sur un mauvais fauteuil.

La fascination exercée sur Arnold par ce personnage fut d'emblée équivoque. D'une certaine façon, il se sentait complètement Bartleby, par une répugnance à se livrer, une tendance à dire non, une satisfaction morbide à exercer un travail dénué de réelle implication. La solitude de Bartleby et même son absolue pauvreté lui apparaissaient comme une forme d'idéal, une piste possible et révélée. En revanche, Monsieur Spitzweg se sentait en contradiction avec le héros de Melville sur bien des points. Pour sa part, il eût difficilement renoncé aux plaisirs de fumer un Niñas au Luxembourg, de lire un journal à la terrasse du Rouquet, ou même de découvrir un énigmatique récit intitulé *Bartleby l'écrivain*. Dans son travail au bureau des Saints-Pères, Arnold se trouvait rarement en position de répondre : « Je préférerais pas », sous peine d'être illico renvoyé. Quant à ses réticences à l'égard des technologies envahissantes, il lui fallait bien reconnaître qu'il avait fini par devenir un utilisateur du téléphone portable, puis d'Internet. Bartleby se dessinait plutôt comme une espèce de modèle en creux. Monsieur Spitzweg était tenté par une attitude massive de refus. Mais le refus glorieux, bravache de Cyrano dans sa tirade des « non, merci » n'était pas pour lui. Le refus borné, presque sournois de Bartleby lui paraissait davantage dans sa nature.

— Bartleby, mais oui, c'est formidable !

Arnold ne s'attendait certes pas à se trouver en complicité avec Jeanne Corval en évoquant sa récente lecture au Comptoir des Saints-Pères. Bientôt, un peu penaud, il lui fallut apprendre que sa découverte n'en était pas une, que Bartleby était célèbre, d'une célébrité à son image, vécue par chacun dans le repli, le presque désir de secret. Lachaume connaissait aussi. Le héros de Melville semblait l'incarnation mystérieuse d'une culture assez chic où la négation de la culture trouverait coquettement sa place. Monsieur Spitzweg se dit que chacun avait peut-être en lui un bartleby. Mais avec son invisible, son insondable pouvoir d'autosatisfaction, il pensa aussitôt que son bartleby à lui avait plus de corps que ceux de Lachaume et de Jeanne Corval.

Comme les enfants quand ils parlent d'un

film, s'ensuivit une discussion à base de « ce que j'aime bien, c'est quand... » De la part de Lachaume et de Jeanne, il s'agissait surtout de montrer à quel point la lecture de *Bartleby* restait fraîche dans leur souvenir. Arnold tenta un :

— J'adore quand il répond toujours : « je préférerais pas ».

— « Je préférerais pas » ? Vous êtes sûr ? Dans la version que je possède, la phrase est : « Je préférerais ne pas le faire », s'étonna Jeanne.

Dumontier commençait à donner des signes d'ennui. Exclu de cette conversation, il tenta de faire bonne figure.

— Je connaissais *Moby Dick*, mais pas ce Bartleby. Je sens que ça devrait me plaire.

Mais Lachaume les stupéfia par ses compétences linguistiques.

— En fait, ce n'est pas facile à traduire. La phrase anglaise est : « *I'd prefer not to.* »

Monsieur Spitzweg ne se sentait pas vraiment en mesure d'apprécier ce distinguo. Mais il était sûr de préférer le bougon et lapidaire « je préférerais pas » de son Folio à l'ampoulé et laborieux « je préférerais ne pas le faire » qui lui semblait correspondre bien peu au tempérament du personnage de Melville. Les altérations et nuances des traductions l'avaient toujours fasciné. Ainsi avait-il été très déçu d'apprendre un jour que le *Jésus, que ma joie demeure* aurait dû être plus fidèlement converti en *Jésus demeure ma joie*. De même, à l'époque du catéchisme de son enfance le Notre-Père enseignait un : « Ne nous laissez pas succomber à la tentation » qui s'était transformé en : « Ne nous soumets pas à la tentation ». Bien plus que le passage au tutoiement, le choquait cette différence entre la difficulté de ne pas succomber à une tentation et le simple désir de ne pas y être soumis. Les mots changeaient le monde.

Rentré chez lui, Arnold pianota sur son ordinateur. Les entrées pour *Bartleby* étaient nombreuses. La plus étonnante évoquait un livre entier d'un auteur contemporain espagnol, Enrique Vila-Matas, intitulé *Bartleby et compagnie*. Le lendemain était un samedi. Monsieur Spitzweg fut un peu surpris de trouver le volume sans le commander à La Virgule, sa librairie de la rue Guy-Môquet. Ce qu'il y découvrit lui sembla d'abord assez spécieux. L'auteur évoquait un syndrome de Bartleby qu'il définissait comme l'attitude littéraire de tous les auteurs ayant renoncé à la création non par impuissance mais parce qu'elle leur semblait dérisoire, inférieure en tout cas à l'intensité de la vie réelle. Ce postulat posé, Enrique Vila-Matas faisait de Bartleby un nom commun, et collationnait tous les bartlebys qu'il avait pu découvrir.

Arnold fut ainsi surpris d'apprendre que Chamfort avait été un bartleby résolu, refusant de donner corps au roman qu'il avait rêvé d'écrire dans sa jeunesse, et rédigeant sur le tard quelques aphorismes justifiant son refus de publication.

Monsieur Spitzweg se délecta notamment de ces trois explications :

« Parce que j'ai peur de mourir sans avoir vécu.

« Parce que plus ma réputation littéraire s'évanouit plus je suis heureux.

« Parce que le public ne s'intéresse qu'aux succès qu'il est incapable d'apprécier. »

Plutôt jubilatoire également de découvrir sous la plume d'Oscar Wilde ce rappel des sagesses antiques :

« Pour Platon et Aristote, l'inactivité totale était la forme la plus noble de l'énergie. Pour les individus de haute culture, la contemplation a toujours été la seule occupation vraiment adaptée à l'homme. »

Bien sûr, Monsieur Spitzweg savait bien qu'il n'était pas un homme de haute culture, ni un auteur en risque de succès — pour l'heure, il n'avait écrit qu'une dizaine de pages dans un blog qu'a priori personne n'avait encore lu.

Il n'empêche. Son inclination naturelle à la paresse dégustée trouvait dans ces attitudes une justification pour un plus tard qui viendrait peut-être, quand il aurait renoncé à poser quelques mots sur le fil de ses jours. Pour le reste, il jugeait un peu agaçante cette litanie de refuseurs, pas mécontent de noter au passage que Julien Gracq trouvait irritante la mythification du silence de Rimbaud, passé sa vingtième année. Mais en même temps, c'était réconfortant de savoir que tant d'écrivains avaient préféré à la gloire ce qu'on pouvait considérer au choix comme une mélancolie narcissique ou comme une réelle faculté à sublimer l'instant.

Pour sa part, Arnold ne trouvait pas d'antinomie entre sa disposition à vivre des petites bulles de temps arrêté et le désir de les prolonger, de les authentifier avec des mots. Peut-être parce qu'il ne pouvait prétendre au style ? Il posait les mots comme ils lui venaient, sans réel effort et sans recherche. Il éprouvait à l'inverse des grands écrivains voués au silence la délicieuse sensation de multiplier le pouvoir du présent par la tentation de le dire.

Au Luxembourg, au début du mois de juin, les poires ne sont encore que des espoirs de poires. Arnold aime s'attarder dans cette partie du jardin où l'on trouve de curieux panonceaux : ne pas marcher sur les pelouses. Danger. Abeilles. Oui, par là il y a des ruches, et des arbres fruitiers en espaliers amoureusement bichonnés. Souvent, Monsieur Spitzweg s'est dit que ce serait un rêve d'être jardinier au Luxembourg, même s'il ne connaît rien à l'horticulture. On sait bien que tous ces fruits seront offerts dans des rencontres officielles où ils serviront sans doute davantage de décor que de nourriture. Arnold imagine de savantes pyramides exposées sur des présentoirs raffinés : des fruits juste à point pour des sénateurs un peu blets. C'est bien meilleur de posséder les noms, juste en passant. Sur leur petite étiquette de bois rectangulaire, les noms de poires ont d'ineffables suavités. « Et les fruits passeront la promesse des fleurs. » Ce vers traverse l'esprit de Monsieur Spitzweg. Il se dit que les fruits auraient bien du mal à passer la promesse des noms. Arnold a tout noté sur son petit calepin. Le soir, en pianotant les noms de poires, il a senti monter à ses lèvres un voluptueux sourire : « Framboise d'Oberland ; Sucrée de Gien ; Doyenné d'Alençon ; Beurré précoce Morettini ; Certeau d'automne ; Duchesse de Bérerd ; Marie Guisse ; Belle fleur jaune ; Virginie Baltet... »

Les noms de poires sont des femmes du passé. Certaines ont la forme et l'abandon de ces gravures où l'on voit Madame Récamier sur un sofa, l'épaule dénudée. D'autres ont la fraîcheur de petites paysannes rencontrées dans les pages de Nerval. D'autres encore cachent leurs promesses de fléchissement sous l'intimidation perverse d'un patronyme aristocratique.

Arnold n'emporte évidemment pas son ordinateur portable pour se rendre au travail, ou flâner au Luxembourg. Aussi a-t-il dû faire l'acquisition d'un carnet noir, pour y prendre des notes. Il recopie consciencieusement tous les noms de poires. Ce soir, il sait qu'il prendra un vrai plaisir à les transfuser dans son blog (sur son blog ?). Écrit-on *dans* un blog ou *sur* un blog ? Monsieur Spitzweg aurait tendance à dire *dans*, par référence à des supports graphiques, à la forme d'une lettre. Autour de lui, il entend plutôt dire *sur*, une préposition qui traduit davantage l'idée de virtualité, celle aussi d'une espèce de voyage. Le vocabulaire informatique est étrange.

On écrit *sur* son blog, on entre *dans* le disque dur. Un disque, c'est plutôt une surface ?

Acheter un calepin fut pour Arnold une étape importante. Il ne peut plus se mentir à lui-même, il ne s'agit plus seulement de capter le présent, d'évoquer le tableau au passage. Il regarde les fruits, mais il écrit des noms sur l'étiquette d'un bocal. Il prépare ses confitures. Doyenné d'Alençon. Belle fleur jaune. Virginie Baltet.

C'est Dumontier qui régale, anniversaire oblige. Clémence, Jeanne, Lachaume et Spitzweg se sont vu convier à un déjeuner sans chichis dans un petit restaurant de la rue du Dragon. L'atmosphère est des plus british, ce qui ne déplaît pas à notre Arnold. Cuisine bien française, plantureuse sans excès. Après les imparables : « Prenez vraiment ce qui vous fait plaisir » de l'inviteur, les non moins imparables : « Le menu du jour me paraît parfait » des invités, Jeanne et Clémence se sont laissé tenter par le ris de veau, tandis que les hommes n'hésitaient pas à risquer la tête de veau sauce gribiche. « Sauce gribiche ! Je crois que c'est surtout le nom qui me plaît ! » a lancé Dumontier, non sans avoir déploré la modestie du choix de ses collègues :

— Formule entrée-plat, je veux bien, mais j'exige que vous y ajoutiez un dessert !

Au fil du repas, le menetou-salon a fait rosir les joues. De toute façon, on sait bien. Dans ces cas-là, on peut s'en tenir à un simple ping-pong enjoué, trop superficiellement débonnaire pour rester honnête. Mais comme chaque fois, plus que son évidente nécessité, c'est l'angle d'attaque du *vrai sujet* qui surprend. Répondant à l'investigation polie de Lachaume, Jeanne a évoqué sa croisière Arts et Vie le long du Danube prévue au mois d'août, Clémence son bonheur de découvrir le festival d'Avignon en juillet. Dumontier n'a pas eu besoin de dépasser son outrecuidance habituelle pour provoquer Arnold :

— Spitzweg, on l'imagine, vos vacances, ce sera plutôt la baie de Somme ou le cap Gris-Nez, de préférence au milieu de l'automne ?

— En tout cas, a répondu prudemment Arnold, pas question pour moi de quitter Paris en juillet ou en août, ce qui arrange bien tout le monde, il me semble ?

Un assentiment pudique ayant suivi ces propos, puis un silence un peu gêné, Lachaume croit vraiment réchauffer l'atmosphère en avouant :

— Eh bien moi, je vais peut-être vous choquer, mais en ce qui me concerne j'ai bien l'intention de bronzer idiot !

C'est l'apanage du chef : on ne saurait lui rétorquer que ça ne surprend pas.

— Pourtant, je vais dans un endroit culturel à souhait, en plein cœur de la Toscane. Est-ce assez chic, n'est-ce pas ? Mais je laisserai mon épouse assouvir toute seule sa passion pour les fresques de Piero della Francesca. Je me contenterai de la piscine de la villa, et d'une pile de polars que j'ai déjà préparée. Je ne dis pas que la silhouette d'un cyprès découpée en haut d'une colline voisine me serait totalement indifférente, mais la vraie substance de mes vacances, ce sera ça : soleil et polar !

Dumontier sait parfois se conduire, surtout quand il tient les commandes. Sans flagornerie outrancière pour son supérieur, il manifeste son peu de goût pour l'exercice passif du bronzage. Par contre, il renchérit sur les polars :

— Moi, je ne lis plus que ça ! On est tellement déçu par les livres dits littéraires. La vraie littérature, je pense qu'elle est aujourd'hui dans les polars.

L'assentiment est quasi général. Bientôt, chacun jette à la tête de ses commensaux des noms qui, à peine tombés des lèvres, suscitent des rebondissements enthousiastes. Connelly ! *Le Poète* ! Un chef-d'œuvre ! Vous connaissez Alvtegen ? Pas encore très vendue en France. *Honteuse*, le meilleur bouquin que j'aie lu depuis dix ans ! Et Sjöwall et Wahlöö ? Pas du tout la Suède qu'on imagine écolo-socialo ; non, une Suède un peu glauque des bas quartiers de Stockholm. Étonnant. Et Donna Leon ? Cette femme qui vit à Venise, n'écrit que sur Venise, et dont les livres sont traduits partout sauf en Italie !

Devant ce déferlement d'enthousiasme, Monsieur Spitzweg garde un mutisme qui devient encombrant.

— Et vous, Spitzweg ? Je croyais que vous adoriez les Maigret ?

— Oui, finit par concéder Arnold. J'adore les Maigret. Mais je déteste les policiers.

— Il faut nous en dire un peu plus ! minaude Jeanne.

— Oh, c'est tout simple. J'aime les Maigret parce que ce sont des policiers où il ne se passe rien.

Cette réflexion suscite bientôt une tempête. Arnold l'a déjà vérifié. On supporte sa façon d'être dans la mesure où elle semble subie. Mais dès qu'il commence à émettre une idée en conformité résolue avec son personnage, ça dérange. Dumontier le premier, bien sûr, surtout quand c'est lui qui paye.

— Comment pouvez-vous dire ça, Spitzweg ? D'abord, il ne se passe pas rien dans les Maigret. Et puis le principe même du polar, c'est l'accélération du temps, surtout sur fond de banal ou d'ennui. Tout d'un coup, les vies se transforment en destins. Le suspense, ce n'est pas autre chose.

— Oui, s'exclame Jeanne, on est encore dans la réalité, mais c'est comme un concentré de vie. Moi, je trouve que c'est plus vrai que la vraie vie, où tout est tellement dilué, tellement répétitif qu'on ne sait plus où on en est.

Même Clémence s'y met. On parle de roman policier, mais aussi de cinéma.

— Regardez, reprend Lachaume, la force dramatique d'un film où tout se passe en temps réel, comme dans *Le train sifflera trois fois*, ou presque en temps réel comme dans *Douze Hommes en colère*. Mais évidemment, ce n'est pas n'importe quel temps réel.

Un front ferme se dessine contre Arnold. Ils en sont tous d'accord. Il faut qu'il se passe quelque chose. La véhémence de ses opposants irrite Monsieur Spitzweg. En même temps, une jubilation secrète se répand dans ses veines. Pourquoi sont-ils tous aussi concernés par le problème ? Peut-être parce qu'ils ont lu son blog ? En tout cas, il a touché un point sensible. À quoi bon continuer à en débattre ? C'est de l'énergie perdue pour rien, dans le feu d'un moment prévisible et comme dissous à l'avance. Il faut continuer à en écrire.

Du coup, Arnold a repris son blog avec une vigueur nouvelle. Il a décidé d'en changer l'adresse. L'appellation précédente, www.arnoldspitzweg.com ne lui avait attiré que quelques visites sporadiques de ses collègues, quelques intrusions aussi de spécialistes de peinture qui l'interrogeaient sur son rapport avec Carl Spitzweg. Désormais il éprouve, sinon le sentiment d'une mission à accomplir, du moins l'envie de provoquer, l'ivresse commençante de déranger si peu que ce soit un politiquement correct de l'activisme. Le nouveau titre est sans doute quelque peu équivoque, qu'on en juge : www.antiaction.com.

Arnold compte bien y dessiner quelques bulles d'été parisien, mais en les nuançant parfois de commentaires distanciés. Ce 28 juin, vers dix-huit heures, est un très bon prétexte :

« Guidon droit un peu haut perché, cadre noir. Pas de sacoche, mais porte-bagages assez large pour *Psychologies* sous Sandow. Les femmes ont investi à leur manière la possession de Paris à bicyclette. Il y a les résolues, souvent casquées, trajet-trajet, regard fermé sur l'horizon. Mais la plupart ont un sourire involontaire au coin des lèvres.

« Involontaire ? Celle-ci devrait pourtant arborer le masque de l'effort. La rue des Saint-Pères monte vraiment, juste avant le croisement avec le boulevard Saint-Germain. Pour passer au vert, elle sent qu'elle doit accélérer. Baskets rouge et blanc, jeans, sweat-shirt marin à rayures carmin échancré sur les épaules, manches retroussées, elle ne joue pas les sportives — elle joue celle qui joue la sportive.

« Bien sûr, elle ne fait que passer. On ne saurait dire que son regard s'attarde sur un piéton précis. On affirmerait encore moins qu'elle se moque de l'effet produit. Elle ne se lève pas sur sa selle. Les femmes ne pédalent pas en danseuse, c'est drôle, c'est aux hommes que cette expression demeure réservée. Elle est juste obligée de tenir le guidon un peu plus ferme, de tirer sur les cuisses, de se déhancher à peine davantage. Au Rouquet, j'étais en train d'allonger mon pastis d'eau fraîche, j'ai arrêté mon geste. Je bois comme un pastis la fille à bicyclette — une boisson légère qui invente la soif et glisse dans Paris sans l'étancher. L'effort a décalé l'encolure de son sweat-shirt, juste un début d'épaule dénudée. Elle monte en force douce.

« Cette jolie silhouette qui me trouble et me réjouit symbolise assez mal ce que je pense de la bicyclette dans Paris. Cela devient de la folie. Bien sûr, c'est plus efficace, moins polluant, plus rapide. Mais justement. Sur le visage de chaque cycliste, il me semble lire cette phrase exécrable : "J'ai raison." Raison contre la sédentarité coupable, contre la pollution, et contre l'égoïsme du confort. Du coup, tous ces vélo-moralistes n'hésitent pas à brûler les feux rouges, à se glisser à toute vitesse dans votre dos sans qu'aucun bruit n'ait trahi leur approche. D'une façon plus générale, la pratique urbaine du sport répand partout et à toute heure son implacable message. Au Luxembourg, à l'heure de midi, les joggers envahissent toutes les allées. Je pense à ce dessin de Sempé dans son album *New York*. C'est à Central Park ; on n'y voit que des enragés du footing. Un couple marche, parfaitement incongru dans ce décor. Une voiture de police s'arrête et leur demande : "Il y a quelque chose qui ne va pas ?"

« Ce conformisme de l'activité sportive est sûrement la vraie raison qui m'a fait arrêter l'entraînement au marathon. Je trouvais pourtant les participants sympathiques, les plus brillants très peu prétentieux par rapport aux modestes. Mais en définitive, je préfère le Niñas à la course à pied. Entre dix minutes de plaisir qui me rapprochent de la mort et quatre heures de souffrance qui me donnent la santé, je choisis le Niñas. Je quitte peu Paris, mais c'est toujours pour voir des touristes en proie à ce syndrome de l'activité, aquatique, forestière ou bitumeuse. Ils ont tous raison. Je crois que j'ai horreur des gens qui ont raison. Dans leur gestuelle, il me semble lire un petit quelque chose en trop, un débordement si ténu soit-il d'auto-satisfaction affichée qui m'horripile. Vive le Niñas. Il ne fait pas de morale. »

Monsieur Spitzweg ne déteste pas son âge — son absence d'âge, en fait — qui le débarrasse de pas mal de tensions. Il fait partie du jeu, mais sans plus, juste en retrait. Le mois de juin le renvoie cependant à une forte nostalgie : c'est le temps du bac. Quand il traverse le pont Caulaincourt, et qu'il aperçoit des lycéens en route vers Jules-Ferry, quelque chose lui dit que c'est là. Sous la désinvolture à peine appuyée des adolescents, il sent cet enjeu qui les attend. Parfois, la radio l'aide un peu. Aux infos, ils annoncent toujours l'épreuve de philo qui lance les hostilités. C'est le jour où le bac a la vedette. Le soir, on donnera même les sujets au journal télévisé : « L'art est-il fait pour aider à vivre ? » et, pour les scientifiques : « Qu'est-ce que le progrès ? »

Les autres jours, on ne parle plus de l'examen, mais Arnold est à l'affût. Il a gardé un tel souvenir de cette étape ! Il était vraiment nul dans les matières scientifiques, et n'envisageait pas la réussite raisonnable que ses professeurs lui promettaient pourtant. Le bac était une montagne. Quelques mois auparavant, Hélène Necker lui avait définitivement préféré Wolheber. Longtemps après son succès — mention assez bien quand même — Arnold rêvait qu'il avait échoué.

Voilà pourquoi le début de l'été est marqué à ses yeux par ce palier décisif. L'anonymat de Paris estompe l'importance du rendez-vous, et ça ne doit pas être plus facile. Bien sûr, il y a de plus en plus de reçus, mais il y aura des recalés aussi. Il fera beau et chaud sur ces tristesses-là, sur des amours qui devront se défaire. Arnold regarde la porte massive du lycée Jules-Ferry. Il imagine des couloirs immenses, et la mélancolie de repiquer pour une année, au rythme sempiternel des cours redoublés, quand tous les autres ou presque auront gagné leur liberté. En regardant les lycéens, Arnold essaie de deviner lequel, laquelle aura le mauvais sort.

Curieusement, il regrette ce moment de la vie. C'est si fort, ces premières chaleurs de l'été quand on y joue sa vie. On est amoureux, on a peur, mais les matins sont si légers, dans la fraîcheur qui précède le soleil sûr. On sent confusément la volupté d'être bien dans son corps, même si l'on ignore encore comment elle pourra disparaître. C'est comme ça qu'on voit le monde, même si c'est excessif. On a quelque chose à perdre. Ah ! revenir à ce risque que l'on affronte en sifflotant :

— Ça a été, la philo ?

— Sujet classique, non ? La question de cours par excellence.

— Ah ! tu crois ? Moi, je ne l'ai pas du tout traité comme ça.

— On verra bien.

On verra. Il y a vraiment demain. Monsieur Spitzweg l'a supprimé, dans sa vie sans surprise. S'il déteste autant les œuvres de fiction où il se passe quelque chose, c'est qu'il pense profondément qu'il ne peut rien se passer de bon. Quand ceux qui vous ont fait le monde ont disparu. Quand celle qui pouvait tout changer a préféré ce grand dadais de Wolheber. Il reste alors les Clémence Dufour, Arnold le pense sans connotation péjorative. Il sait bien que Clémence a dû se dire : il y a les Spitzweg. On peut s'en accommoder, ou s'en passer, simple question de métabolisme. Pas si mal quand il en reste un peu d'estime.

Pour le vrai risque, c'est l'adolescence, le début de la jeunesse. Arnold met ses pas dans les pas des candidats au bac sur le pont Caulaincourt. Ils n'ont plus de shetland, de pantalons pattes d'éléphant. Plus de minijupes orange, plus même de dominantes mauves et noires. Jean taille basse et tee-shirt près du corps, en ballerines plates ou Converse délavées, c'est la même fausse nonchalance. C'est plus fort que les duels de cowboys au revolver dans la rue solitaire. Ils vont plonger place Clichy, noyés dans la rumeur et dans la multitude. Tout à jouer. Chapeau, rien ne dépasse.

Arnold aime bien les gares. La plus spectaculaire est sûrement la gare de Lyon, avec son horloge-pendule chantée par Barbara, avec surtout ses promesses de Sud, ses rêves de Côte d'Azur ou d'Italie. Le début juillet y amène toute une foule embarrassée de bagages protubérants. C'est assez savoureux de se frayer un chemin mains dans les poches au milieu de tous ces esclaves du déplacement ferroviaire. Monsieur Spitzweg aime déambuler devant les quais, lire les destinations fruitées. Mais son réel plaisir, le but de sa visite en fait, c'est Le Train bleu. Pas la cafétéria du bas, occupée par des humains-valises en transhumance. En haut du grand escalier. La première fois, il a passé la porte-tambour avec circonspection, tellement persuadé que le lieu était bien trop luxueux pour lui. Il ne s'agissait évidemment pas de déjeuner. Mais pouvait-on vraiment commander un café sans encourir le mépris, le refus des serveurs costumés ?

Il s'avéra que oui. C'était peut-être le signe

des établissements de vrai haut niveau : on ne feignait même pas de vous y trouver dérisoire. Monsieur Spitzweg s'étonna, un peu tendu, tout étourdi par l'ampleur de la grand'salle, les fresques au plafond, sur les vitres, la révélation de fastes qui lui semblaient appartenir à la fin du XIXe siècle, au début du XXe, des femmes à capeline ou à boa, des hommes à stick et panama, passagers en attente de compartiments capitonnés comme on en voit dans les vieux films, avec des wagons-restaurants, champagne près des lampes basses. Tous ces fantômes bruissaient là, on pouvait presque entendre des « mon cher » se confondre avec des « bellissima », sentir des arômes de parfums lourds et d'Orient.

La première fois, Monsieur Spitzweg rêva ainsi le nez en l'air, sans détailler le nouveau public du Train bleu. Puis il revint, osa s'affaler dans un des faramineux fauteuils du long couloir jouxtant la salle à manger, et même indiquer d'un geste généreux à une jeune Italienne qu'elle pouvait s'asseoir en face de lui de l'autre côté de la petite table en verre — le confort de la distance n'impliquait pas la nécessité d'un effort de conversation, au demeurant inconcevable.

C'est le début du mois de juillet. Clémence Dufour est à Uzès, chez une amie, juste avant Avignon, Dumontier sur la côte amalfitaine. Monsieur Spitzweg profite de son samedi pour partir en balade dans Paris, rien dans les mains, presque rien dans les poches. Il fait assez chaud pour que les mots de « Coulée verte » soient devenus désirables. Arnold aime ce ruban discret suspendu dans la ville. De temps en temps, une trouée permet d'apercevoir la vie au quatrième ou au cinquième étage, dans les appartements, de l'autre côté du boulevard. Des joggeurs le dépassent. Monsieur Spitzweg sait se programmer des efforts raisonnables, qui lui permettent de donner tout son prix à une halte-récompense. Au bout de son périple, il descend donc les escaliers pour gagner l'effervescence de la gare de Lyon, et bien sûr Le Train bleu.

Ce matin, il choisit le fond de l'immense salle à manger, près du vieux comptoir en bois où les serveurs causent à mi-voix. Quelques vacanciers ont déposé près d'eux des valises dont la modernité fonctionnelle semble bien incongrue ici. Des hommes d'affaires solitaires ont sorti leur ordinateur ; au passage, Arnold entrevoit des courbes et des tableaux qui n'ont pas grand-chose à voir avec son propre usage de l'écran. Il se carre dans son recoin, commande son café, toujours un peu étonné que les autres autour de lui continuent à vivre leur vie, à poursuivre leur conversation ou à scruter leur écran comme s'ils n'étaient pas dans un endroit différent.

Au Train bleu, levant les yeux, Monsieur Spitzweg s'embarque. La fresque au-dessus de lui mélange des bords de mer presque turquoise et des fleurs blanches, des femmes suaves et un peu molles en apparence. Les noms de villes sont écrits. Nice. Flâner sur la promenade des Anglais quand on descend à peine de la Coulée verte. Arnold prend tout son temps pour vivre Nice ainsi, tant pis si le café refroidit... Le meilleur, c'est de baisser les yeux pour revenir ensuite à l'austérité vaguement britannique des meubles et du service, et de mêler tout cela, le ciel carte postale ancienne, le luxe rigoureux. Arnold sourit dans son îlot. Le vrai voyage, c'est de devenir le Train bleu. Il sort son carnet noir et prend des notes.

— Vous avez vu, Spitzweg ? Les jours commencent à raccourcir !

C'est une des blagues préférées de Lachaume. Dès le solstice d'été passé, il aime lancer ce truisme incroyable. Le début juillet, c'est précisément le moment de l'année où l'on a l'impression que les jours n'en finissent pas. Jeter cette petite phrase est pour Lachaume un plaisir composite, qui n'est pas sans faire penser aux paroles du soldat romain qui répétait lors d'un triomphe au héros ébloui : « Souviens-toi que tu es mortel ! » Il est manifestement ravi de cette trouvaille qui laisse Arnold un peu perplexe.

C'est que Monsieur Spitzweg ne pense guère ainsi. En été, les soirées sont longues. Arnold se laisse pénétrer par cette durée. Offert aux déambulations du quartier de Buci, du carrefour de l'Odéon, du quai des Grands-Augustins, il lui arrive de rentrer ensuite lentement à pied vers le XVIIIe, un Niñas aux lèvres. Il ne se demande pas si cela va durer, si l'été est déjà bien engagé, bien entamé. Pour lui, l'été est la saison de l'immobilité. La vivre dans Paris ne fait que renforcer cette sensation. Il y a toutes ces hordes de touristes qui « font » Paris. Arnold se délecte de les voir déployer un plan, biffer l'une après l'autre les étapes d'une découverte nécessaire. Monsieur Spitzweg se souvient de cette chanson de Brel *Je suis un soir d'été*. C'est cela qu'il ressent.

D'où lui vient ce pouvoir modeste de se fondre dans le décor et d'arrêter le temps ? Aucune religion, aucune sagesse zen. Peut-être le désir résolu de faire partie des spectateurs, non des acteurs. Quand il s'entraînait pour le marathon, Arnold regrettait d'être si peu que ce fût l'occasion d'un spectacle, de quelques secondes de spectacle. Il y a beaucoup de façons de courir. La sienne n'était pas spectaculaire, mais elle devait parfois susciter à son insu quelques commentaires, ou simplement la persistance d'un regard, et c'était déjà trop.

Monsieur Spitzweg se souvient de l'époque où des filles le regardaient, dans les rues de Sélestat. Cela n'a pas duré. Il était assez beau sans doute, beau de cette envie d'être beau qui donne aux adolescents une lumière. Il se regardait avec angoisse dans les vitrines des magasins, et même les glaces des voitures, en se penchant un peu. Depuis longtemps, il ne se regarde plus dans les glaces. Non qu'il se trouve laid. Il sait simplement que le regard des femmes glisse sur lui. Elles n'aiment pas les spectateurs.

Pas d'attaches familiales, aucune ambition professionnelle. Pas d'angoisse existentielle. Arnold qui aime tant Woody Allen se réjouit de son hypocondrie. Dans tous les films où son héros se débat frénétiquement avec la peur de la maladie, Monsieur Spitzweg le trouve irrésistible. Il lui arrive d'envier cette inquiétude, qui doit donner du sel à l'existence ; il en voit aussi le revers. Pour être comme Woody, il faut penser en permanence à soi-même, se projeter dans le futur, être obsédé par son passé. Arnold n'a pas peur de la mort. Il a toujours dans son portefeuille sa carte de donneur d'organes et de tissus. Pas à pas, il fait son propre vide. Il peut devenir un soir d'été.

L'été, Monsieur Spitzweg rentre souvent à pied. Il aime aussi s'enfouir dans le métro. Déjà, pendant le reste de l'année, juste après vingt heures, le métro change. Il y a des rapprochements possibles, parfois quelques paroles échangées. L'été, c'est bien autre chose encore. Même pas besoin de mots. Ce sont les corps qui parlent. On a lutté contre la chaleur du jour, mais maintenant, peu importe le style : cravate desserrée, chemisier dont l'échancrure bâille, longue robe africaine déployée, tee-shirt chiffonné, beaucoup de lin froissé — et ce n'est plus du froissé chic, seulement un aveu fatigué de la journée. Sur les sièges, l'assise est différente. Les cuisses s'écartent un peu, il y a de légers frôlements sans réelle équivoque.

C'est normal que la peau soit révélée, de manière insistante ou fugitive ; c'est normal que chacun tienne plus de place. Les corps n'exultent certes pas, ils exhalent. Peu d'odeurs singulières toutefois. C'est seulement la sensation plus forte d'une odeur plus forte du métro lui-même. La moiteur y est toujours présente en filigrane. Elle s'épanouit tout à coup, prend une ampleur tropicale. Tout au fond de la grotte, de la ville, Arnold vit comme un secret la chaleur des corps défaits. Ils ne sont pas loin de l'avachissement ; c'est beaucoup mieux, c'est juste avant. Les humains ne sont plus terrifiés d'avouer une part d'animalité qui joue subtilement entre la maîtrise et le laisser-aller.

Monsieur Spitzweg partage cela avec des compagnons, des compagnes de hasard, sans gêne et non sans un plaisir diffus. Il ne s'agit pas de rencontrer, mais de l'infime volupté de s'être abandonné avec d'autres abandonnés. D'avoir partagé quelques instants, comme une vérité complice, la texture chaude de l'été.

Monsieur Spitzweg n'aime pas voyager. Les rares fois où il est parti, en Belgique ou en Angleterre, il a trouvé que son plaisir était fortement réduit par toutes sortes de contraintes, appréhension des comportements idoines à respecter, foultitude de détails matériels à régler, embarras de bagages toujours trop encombrants. Et puis on n'est pas toujours en forme. À quoi bon se dire qu'on est au cœur de Bruges, s'il faut mêler à cette composition mentale la trivialité d'une migraine qui jette plus qu'une ombre sur les brumes cendrées des canaux ?

Par contre, Arnold adore les livres de voyage. Ces albums, trop encombrants pour quitter le 226 rue Marcadet, qu'il déguste dans son vieux fauteuil club, sous la lampe basse. Il aime des choses qui lui vont bien, des promenades dans les parcs et les cafés viennois avec un guide nommé Stefan Zweig, mais aussi des univers beaucoup plus exotiques, des tons qu'il ne connaîtra jamais, tous les rouges du Mexique, les verts et bleus étonnants de la Patagonie.

Plus que tout, il aime la littérature de voyage, des embarquements délicieusement surannés, comme avec *Le Pot au noir* de Louis Chadourne, ou des regards plus contemporains. Ainsi voue-t-il une gratitude toute particulière à Nicolas Bouvier d'avoir arpenté les recoins les plus secrets des Balkans. *L'Usage du monde*, un beau titre, qui apparaît à Monsieur Spitzweg comme un cadeau inespéré. Il n'a pas eu pour sa part à apprivoiser tous les caprices d'une petite voiture, tous les inconforts de logements précaires pour habiter des ailleurs improbables et marginaux, prendre des postures éternellement adolescentes. Le style de Nicolas Bouvier lui donne tout cela dans le gros volume de ses œuvres complètes, de l'ex-Yougoslavie jusqu'au Japon, mais cela pourrait être n'importe où. C'est le regard qui compte, et l'écriture de Bouvier lui donne réellement, dans sa propre chair, un usage du monde différent, à savourer en fauteuil club défoncé.

Dans le même ordre d'idées, Arnold s'est intéressé au destin de Karen Blixen. Dès l'enfance, celle-ci et son frère Thomas étaient habités par un violent désir *d'aller voir la cigogne*. Sous cette expression un peu étrange, ils cachaient leur envie de découvrir autre chose, d'aller « vers l'inconnu pour trouver du nouveau ». Les mots de Karen Blixen ont d'autant plus amusé Monsieur Spitzweg que ses origines alsaciennes lui permettaient difficilement de donner des connotations aventurières à l'expression — à Kintzheim et dans tous les villages alentour, les cigognes nichent sur les clochers, sans parler du centre d'Hunawihr, où une écologie récente a organisé leur retour.

Il ne viendrait certes pas à l'idée d'Arnold d'aller habiter une ferme au Kenya. Il aime cependant lire *La Ferme africaine.* Imaginer c'est vivre, merci aux créateurs. L'expression « aller voir la cigogne » le laisse par ailleurs perplexe. En même temps, Monsieur Spitzweg aime bien que les autres aient envie d'aller voir la cigogne. Cette dernière existe-t-elle vraiment pour les gens qui ne savent pas en faire une œuvre, et se contentent d'inonder les autres avec leurs récits, leurs images de voyage ? C'est autre chose. Arnold adore cette vignette du Chat de Philippe Geluck, où le personnage déclare d'un ton docte, le doigt pointé vers son lecteur : « Le paradis, c'est un endroit où des gens se raconteront des histoires de leur vie. L'enfer c'est la même chose, sauf qu'ils auront apporté leurs diapositives. »

Comme le Chat, Arnold déteste les gens à films — il n'y a plus guère de diapositives, mais le support ne change rien. Il adore en revanche lire *La Ferme africaine, Le Pot au noir,* et *L'Usage du monde.* En fait, tous ces aventuriers sont allés constater que la cigogne n'existait pas. C'est ce que pense Arnold. D'aucuns diraient que son plaisir à les lire en devient vaguement pervers. On a le droit d'être de mauvaise foi.

Cette volupté-là, seul l'été peut la donner, se dit Arnold. Il interrompt sa déambulation dans ce quartier où il aime flâner entre Seine et Marais pour regarder un couple de coureurs : maître et chien. Avec son insupportable penchant à justifier toujours son système de pensée, Monsieur Spitzweg pense que le maître ne peut éprouver ce plaisir que par procuration. Oui, il a beau traverser le pont Louis-Philippe, jeter un coup d'œil aux hôtels particuliers de l'île Saint-Louis, il est pris par le rythme de son footing, l'estimation de son aisance, la satisfaction de sentir la sueur dégouliner pour attester l'effort.

Mais du labrador noir, quelques mètres devant lui, on ne saurait dire qu'il court. Cette façon d'enrouler les pattes avec un évident délice mérite un autre verbe. Se baguenauder. Le chien ondule de plaisir, et tout le territoire urbain qui s'offre à lui n'est qu'un grand terrain vague nomade, neuf comme la fraîcheur d'eau de ce matin à déguster à pleines pattes — déjà, imperceptiblement, la chaleur guette. Tee-shirt ou caraco : les passants marcheurs ont résolument prévu la canicule. Monsieur Spitzweg a retroussé ses manches de chemise, et pris le risque de laisser sa veste à la maison. Avant d'éprouver les premiers désagréments du cagnard, il s'arrête en souriant pour partager la félicité du labrador.

Elle n'aurait rien de fascinant s'il n'y avait ce détail qui change tout : le chien tient sa laisse en travers de la gueule. Il y a donc une laisse. Elle doit bien servir quelquefois, davantage au printemps, en automne, quand le ville est surpeuplée. Pour traverser les avenues, affronter les trottoirs bondés. Mais voilà, c'est l'été, il n'y a plus ni dieu ni maître. Ou plutôt si. Un maître différent qui abandonne les clés de son pouvoir, tout est possible. Arnold sent qu'il va saisir son calepin noir dans sa poche.

Le chien semble plus que joyeux. Heureux, oui, c'est cela qui fait s'arrêter Monsieur Spitzweg, et quelques autres. Ça va jusqu'au bonheur, cette façon d'arborer entre les crocs ce qui devrait l'assigner à dépendance, et lui donne une éblouissante liberté. La morale de La Fontaine est bafouée. Il n'y a pas d'un côté les loups faméliques et libres, de l'autre les chiens prisonniers et replets, au cou marqué d'un signe d'infamie. C'est une complicité subtile. Le maître soigne sa condition physique, sérieux et concentré en apparence. Comment ne pourrait-il se dire cependant que l'essentiel est là, à quelques pas devant lui ?

Initier ce coup-là, c'est forcément le partager de l'intérieur, Monsieur Spitzweg doit bien l'admettre. La vie nous tient en laisse, mais nous donne parfois comme un bonheur de labrador : on ne détache pas le lien : on le porte insolemment, c'est presque mieux que la liberté pure.

www.antiaction.com a des lecteurs. Monsieur Spitzweg doit désormais intégrer dans sa vie cette messagerie qui lui semblait improbable. Bien sûr il y a des fous, des fanatiques, des paumés. Beaucoup de politiques aussi. Certains ont pensé qu'il pouvait s'agir d'un site « décroissant », voire anarchiste. Décroissant. L'étiquette ne déplaît pas à Arnold. De récents événements économiques ont montré qu'un équilibre du monde basé sur la croissance perpétuelle pouvait conduire à la catastrophe. Mais c'est au plan individuel que la notion intéresse Monsieur Spitzweg. Comment se voir en acteur permanent de la croissance ? On serait alors la grenouille qui veut se faire aussi grosse que le bœuf ?

La référence n'est pas venue par hasard. Depuis quelques mois, Arnold s'est replongé dans les classiques. La Fontaine et La Bruyère ne quittent pas sa table de chevet. Si on lui avait dit qu'un jour il trouverait une vraie nourriture dans ces pages qui lui semblaient irrémédiablement scolaires, affligeantes ! Il se souvenait encore de son professeur de seconde à Sélestat, Monsieur Schweinschulder, se pâmant en détachant les premiers vers du *Coche et la mouche* :

Dans un chemin montant, sablonneux, malaisé,
Et de tous les côtés au soleil exposé...

Montant, sablonneux, malaisé... Monsieur Schweinschulder était capable de passer des minutes à disséquer la cadence de cet alexandrin devant trente-huit garçons de quinze à dix-sept ans, concernés à peu près uniquement par les filles et le football. Arnold regardait par la fenêtre. Les filles rentraient de leur cours de gym en soufflant devant elles des petits nuages de fumée. Il pouvait apercevoir Hélène, si blonde avec son sweat-shirt bleu. Qu'est-ce que cela pouvait bien faire que les chemins montants, sablonneux, malaisés soient parfaitement rythmés ? Mais depuis, Monsieur Spitzweg est tombé par hasard sur la jeune veuve qui clame à son époux défunt :

Attends-moi, je te suis !

L'octosyllabe qui vient peu après n'est pas trop mal :

Le mari fait seul le voyage.

Alors Arnold a repris La Fontaine, pas mécontent de découvrir aussi les contes libertins, surpris surtout de sourire à chaque fable, et d'y trouver la vie. Même chose pour La Bruyère avec ce personnage d'Onuphre, qui expose aux yeux des visiteurs des œuvres édifiantes, et l'auteur qui écrit simplement : « D'autres livres sont sous la clé. » Dans La Bruyère et La Fontaine on emploie le présent, comme si la scène bien croquée était valable pour toujours. Les hommes ne changent pas. Monsieur Spitzweg est bien d'accord.

Arnold ne se prend pas pour La Bruyère ou La Fontaine. Mais il aime leur présent. Il écrit au présent. Et il a des lecteurs ! De plus en plus, depuis quelques semaines. On lui dit qu'il a tort de voir la vie ainsi, et on lui dit qu'il a raison. Arnold ne répond pas. Pas pour l'instant. Il trouve qu'il n'a pas le temps. Et puis il y a de la coquetterie dans son silence. Il aime mieux avoir des lecteurs que des correspondants.

C'est dans la cour de l'immeuble. Le soleil a quitté le puits. Monsieur Spitzweg est descendu jeter son sac-poubelle. La chaleur est restée là dans l'ombre, la lumière bleuissante à l'approche du soir. Arnold s'apprête à soulever le couvercle du compartiment ordures ménagères : il s'arrête. Derrière les volets tirés, les fenêtres sont ouvertes. Une vie différente s'invente. Les bruits, les phrases échangées ne sont pas dérobés par surprise : ils s'installent, comme si la cour était le juste centre d'un monde à partager. Bien sûr, cela doit être involontaire, mais on ne peut pas s'empêcher de penser que l'intimité dévoilée prend un certain plaisir à s'afficher. Cela fait partie de l'été.

C'est comme si Arnold était au troisième étage, en pleine discussion avec les Buvardier, elle, marcheuse invétérée, lui, philatéliste et sportif du petit écran.

— Écoute, tu y vas si tu veux, moi je ne bouge pas. Le chemin des douaniers, on l'a fait il y a deux ans.

Et comme aucun écho ne monte — mais on sent que ce mutisme est plus têtu que conciliant —, la voix d'ordinaire un peu sourde reprend sans agressivité, se répercute contre les parois des immeubles alentour, reçoit l'assentiment de tous les autres étages :

— Il fait beaucoup trop chaud. J'ai tout un lot d'Amérique du Sud à classer, en plus, il y a les Championnats du monde d'athlétisme qui commencent à la fin de la semaine.

La suite, Monsieur Spitzweg ne la connaîtra pas. Un téléviseur vient de se mettre en marche au cinquième. Déjà *Soir 3*. La vie fait semblant d'être extérieure et sérieuse, de persister en politique, en catastrophes, alors que rien ne compte plus qu'un attiédissement languide, à déguster à l'enclos. Bientôt la télé renonce, comme si elle n'était pas à l'échelle. Le présent de la cour d'immeuble n'est pas un faux passé fébrile, mais un vrai présent qui se doit de faire entendre jusqu'au rissolement des poissons dans la poêle, jusqu'au glougloutement de l'eau le long des conduites.

Tout ce remue-ménage paisiblement trivial va pactiser avec la voix de la jeune soprano du quatrième. On ne connaît que son nom de famille, car elle n'a mis ni son prénom ni même « Mlle » sur le clavier de l'interphone et sur la boîte aux lettres. On l'entend s'entraîner toute l'année, mais là, Arnold l'écoute. Pourtant, elle ne se donne pas en spectacle. C'est bien davantage que son travail d'hiver. Une respiration lyrique prend le pouvoir, et Monsieur Spitzweg trouve qu'elle convient au puits de la cour. Il marmonne : « C'est drôle, elle n'est pas partie, cette année. D'habitude, elle suit son ami en Irlande. Si ça tombe, ils ne sont plus ensemble. » À défaut de fraîcheur, la nuit des vies mêlées mérite sa musique. Arnold reste longtemps debout, son sac-poubelle à la main.

Est-ce que c'est normal d'être seul ? Monsieur Spitzweg se pose la question au Shopi, tout près de chez lui. Les gens qui vivent en couple, qu'ils soient homos ou hétéros, se tiennent de part et d'autre de la caisse. L'un sort les emplettes du Caddie, tandis que l'autre enfourne les produits dans des sacs en plastique. Cela va beaucoup plus vite ainsi. La présence d'Arnold encombre davantage, d'autant qu'il met toujours un temps fou pour décoller les parois des sacs translucides. La caissière le sait. Il choisit toujours la même, car elle lui donne un coup de main bienveillant avec un sourire qui signifie : « Ne vous affolez pas, on a tout son temps. » Les gens qui attendent derrière sont moins souriants.

Le pire, c'est peut-être le restaurant. Comment se donner une contenance, quand les autres échangent avec autant de jovialité ? Enfin, n'exagérons rien. Il y a des vieux couples qui doivent se dire trois mots pendant tout le repas. Il n'empêche. C'est un code répertorié : le vieux couple qui mange au restaurant. Être tout à fait seul, c'est autre chose. Arnold s'en tire souvent en lisant le journal. Mais allez savoir pourquoi : autant les articles du *Parisien* s'avèrent enthousiasmants en prenant un café à la terrasse du Rouquet, autant leur lecture s'inscrit mal dans le cérémonial du restaurant. C'est la durée qui veut cela : au bout de quelque temps, l'immersion dans le contenu d'un journal devient une opération factice, manifestement vouée à ce qu'elle est, au fond : se donner une contenance. Ne parlons pas d'un livre, dont la seule présence est un pitoyable avis de défaite : j'ai au moins besoin d'un bouquin pour exister ici. Car il est difficile de se fixer en permanence sur ce qu'on a dans l'assiette, plus périlleux encore de laisser vagabonder ses regards au hasard. C'est bon pour un trajet, le bus ou le métro. Dans l'immobilité du restaurant, on se sent vite hors jeu. En plus, on ne peut plus donner le change en allumant un Niñas. Arnold a bien essayé de rejoindre quelques instants sur le trottoir les fumeurs invétérés : la désinvolture du solitaire est mise au jour aussi dans ce nouvel ourlet du tissu social. La seule vraie ressource demeure Chartier, où l'on est si près de son voisin qu'on est obligé de lui demander le sel ou la moutarde. Là, il y a une telle volonté de ne pas aller plus loin qu'on supporte facilement le face-à-face, l'œil en coulisse sur le ballet des serveurs.

Est-ce que je parle à voix haute quand je suis seul ? Monsieur Spitzweg a dû se résoudre parfois à répondre à cette question par l'affirmative. Cela lui arrive notamment quand il est sur le point de heurter un passant à l'angle d'une rue. Il s'en tire alors en transformant sa phrase en chantonnement — chanter sur un trottoir est permis, et parler ne l'est pas. Il n'en est certes pas à commenter tous ses gestes, à formuler toutes ses pensées, il sent là pourtant un danger qui le guette, surtout quand il est fatigué. Il est vrai que ce n'est rien à côté de tous les accros du téléphone portable qui parlent à un micro discrètement placé dans l'encolure de leur veste ou de leur chemise. Leur oubli de la réalité va jusqu'à souligner leur conversation de grands gestes à l'italienne. Ceux-là sont manifestement heureux d'être là et ailleurs. Arnold se contenterait bien d'être là, le plus discrètement possible.

Souvent, Monsieur Spitzweg reprend le *Journal* de Léautaud, où la solitude est toujours présentée comme le délice suprême, surtout quand elle est liée à des errances dans Paris. Il y a là matière à dissiper quelques doutes, qui ne tiennent pas pour Arnold à une inquiétude sur le fond. Son expérience de vie avec Clémence Dufour lui a apporté quelque temps le meilleur de ce que pourrait avoir une vie partagée. Ils se sont quittés juste avant le pire, d'un commun accord nécessairement mélancolique, tout à fait lucide dans leur cas — enfin, la certitude vaut surtout pour Arnold.

Non, c'est plutôt l'organisation de la comédie humaine qui est en cause. Le monde est fait pour être à deux, pour être au moins à deux : les spectacles, les terrasses, les tables de restaurant :

— Vous serez seul ?

Oui, je serai seul. Ça vous ennuie ? Au Luxembourg, où naissent vite des conversations sur le sens de l'existence, Monsieur Spitzweg évite les bancs... Il se choisit un fauteuil vert pâle, à défaut une chaise. Il se redit cette phrase de Léautaud qui le ravit : « Ce que j'ai dans la tête me suffit. »

Arnold est revenu pique-niquer, quai de la Tournelle. C'est vrai que la nuit tombe déjà plus tôt. Avec elle sont venues des bouffées d'accordéon. Pas une musique fluette pour faire la manche. Une musique organisée, en provenance du quai Saint-Bernard, tout près. Monsieur Spitzweg a voulu savoir. Juste après le square Tino-Rossi, il a vu dans la lumière des lampadaires une piste de danse inattendue. Tout autour des badauds comme lui, assis, debout, admiratifs ou intrigués, et certains prêts à se lancer dans l'aventure. Tango. Ce mélange de langueur et de dynamisme, de hiératisme et d'abandon. Des danseurs de tous âges, entre vingt et soixante ans. Des niveaux techniques très divers aussi, et deux professeurs conseilleurs pour les plus novices. Arnold tient là une bonne scène pour son blog.

Monsieur Spitzweg s'est assis en tailleur près du fleuve. Quelle nostalgie soudain ! Une curieuse nostalgie. La nostalgie de la mélancolie. À Kintzheim, pour la fête locale, il y avait l'orchestre sur estrade ; en dessous les danseurs, et tout au bout Hans Necker faisait buvette et installait des petites tables rondes en fer. Les familles se rassemblaient là, les amis. Arnold ne savait pas danser. Ses quinze ans, ses seize ans restaient là, douloureusement immobiles, à côté d'un verre de Coca ou d'Orangina. La sono était toujours trop forte, on ne parlait pas. Arnold était amoureux de toutes les filles qui tournaient. Mortifié, il refusait l'invitation d'Hélène Necker qui partait sur la piste haussant les épaules, avec ses copines, et une première fois avec Wolheber. Jamais ce ne fut si fort, si impossible d'être aimé.

Le tango de ce soir ramène tout cela. Pourtant, c'est autre chose. Il y a chez les danseurs un sérieux, une concentration qui semblent aller à l'encontre de l'essence voluptueuse du tango. Une simulation d'abandon amoureux pratiquée dans le respect de la technique. Monsieur Spitzweg trouve le spectacle plutôt sympathique. De vieux messieurs tirent leur épingle du jeu ; leur professionnalisme en fait les partenaires les plus convoités. Dans le détail, il y a des passements de jambe à l'intention clairement sensuelle, ici tempérée par une volonté scolaire de réaliser des figures. Aucune équivoque par ailleurs, aucune sexualité ne pourrait déboucher de ce rituel où l'aisance côtoie sans morgue l'humilité — cela rappelle un peu à Monsieur Spitzweg l'esprit du marathon.

Arnold ne se sent pas si loin de se lancer, il sait qu'il ne le fera pas. Il y a tellement d'orgueil dans sa philosophie de spectateur ! Cela ne serait pas si terrible de révéler sa maladresse. Mais de Kintzheim au quai Saint-Bernard, l'accordéon l'accable et le ravit.

Dommage que le zoo de Vincennes soit fermé. Arnold n'a pour s'en souvenir que des plaques de verre sépia qu'il engage latéralement dans une visionneuse en bois chinée dans une brocante. Les girafes en relief y prennent une réalité presque fantastique. Monsieur Spitzweg n'en a pas moins été tenté par une balade aux abord du bois de Vincennes. Le hasard l'a conduit jusqu'à Saint-Mandé. Saint-Mandé. Il se rappelle un joli texte éponyme de Robert Lamoureux. Était-ce bien le même Saint-Mandé ? Difficile de reconnaître au long des villas cossues cette atmosphère

> *Qui prend sa gaieté dans la capitale*
> *Et dans la banlieue sa mélancolie.*

Arnold a dérivé jusqu'au bord du lac, aux proportions modestes, suffisant pour un petit détour. Il a bientôt aperçu sur la rive opposée une terrasse près de l'eau, et jugé que la dégustation d'une bière y serait opportune. Mais déception bientôt, arrivé sur les lieux : la terrasse est réservée aux clients du chalet... et le chalet n'est pas un simple café de passage. Il s'agit d'un énorme dancing, à l'évidence supérieurement organisé. Arnold a ravalé sa désillusion pour s'amuser de ce hasard : pourquoi cette confrontation, renouvelée en vingt-quatre heures, avec le monde de la danse ? Il y a là comme un signe du destin à déchiffrer.

Au chalet de Saint-Mandé, en plein samedi après-midi, la foule se presse. Monsieur Spitzweg s'est assis sur un banc, un peu à l'écart, et détaille avec intérêt les hommes et les femmes qui se saluent, discutent quelques instants avant d'entrer, ou sont juste sortis fumer une cigarette. L'intervalle des âges est nettement plus resserré que sur le quai Saint-Bernard. On en est plutôt à du soixante-quatre-vingts, le premier nombre s'appliquant à une dominante féminine, la clientèle masculine tutoyant de plus près le second. Il y a de grands numéros de charme, des minauderies enjouées, des compliments amusés, une légèreté affichée, et, dessous, des enjeux que l'on sent plus consistants... C'est un peu le contraire du quai Saint-Bernard : on vient danser sans forcément aimer la danse.

Monsieur Spitzweg ne prétend pas à une acuité absolue dans l'observation de ses semblables. Pourtant, il est évident qu'autour du chalet de Saint-Mandé on échange quelques années contre pas mal d'euros en banque, que le mot *distingué* s'appuie, côté messieurs, sur une solidité financière réelle ou simulée, que le mot *charmante* butine côté dames aux frontières du veuvage et du décolleté possible, avec foulard autour du cou. On se rencontre par la danse. Plus tard, on partagera sans doute avec une soif un peu inégale des projets de voyage.

Arnold s'amuse sur son banc, mais sent monter en lui une grandeur d'âme qui le pousse à trouver cette mise en scène plutôt triste. C'est comme au cours de gym, à Sélestat. C'est bien d'être dispensé !

C'est incroyable. www.antiaction.com est pris d'assaut. La prose de Monsieur Spitzweg est lue par des milliers d'internautes. Arnold n'en revient pas. On le visite. Le terme ne tire pas à conséquence, s'avère assez cocasse pour quelqu'un qui ouvre aussi peu sa porte. On s'exprime aussi. Beaucoup de compliments, qu'Arnold a d'abord trouvés outranciers, mais on s'habitue vite. « Enfin quelqu'un qui voit la vie comme il faut la voir... Merci pour votre apologie du présent. Pour ma part... » Oui, il y a beaucoup de « pour ma part ». Ces enthousiasmes suivis d'épanchements sont souvent signés d'un prénom féminin accompagné d'une adresse e-mail, mais Monsieur Spitzweg s'est promis de ne pas répondre. La réelle inflation de ces réactions non sollicitées lui donne raison : comment pourrait-il faire ? Certaines correspondantes comprennent cette attitude : « Ne perdez pas votre temps. Continuez seulement à cueillir le meilleur des jours. » Cueillir le meilleur des jours pour des Stéphanie, des Valérie, des Sophie ou des Leila, voilà qui n'est pas sans flatter l'ego d'Arnold, même s'il cueille davantage encore pour des Huguette ou des Denise.

Parfois, c'est lui qui se fait cueillir. « Ce n'est pas avec des mentalités comme la vôtre qu'on sortira le pays de l'ornière ! Des spectateurs, on n'en a que trop engraissés. Il faudrait un peu retrousser ses manches ! » Et c'est signé Raoul, Roger, quelquefois Marceline.

Clémence est rentrée de vacances, Dumontier aussi. Il n'en a que pour la côte amalfitaine et la beauté de Naples — bien autre chose que Venise, ce carton-pâte des gogos ; Naples ça vit, ça transpire, ça déborde !

Il a pris le temps cependant de consulter le site d'Arnold, même s'il ne s'attarde pas trop sur son succès :

— Méfiez-vous des nanas à gourou, Spitzweg ! Il y en a partout, des solitaires, des mal baisées — pardonnez ma grossièreté, Clémence —, des expertes en psychologie. Dès qu'elles peuvent poser la main sur un maître à penser, elles s'attachent comme du lierre, avec leur sensualité refoulée. Croyez-moi, où y a du zen, y a pas de plaisir ! s'esclaffe-t-il en s'étranglant avec sa dernière lampée de café.

Clémence affiche un détachement glacial.

— Il y a aussi des femmes qui attendent autre chose de la vie que des matchs de football et des plaisanteries de corps de garde.

Et se tournant vers Monsieur Spitzweg :

— J'aime beaucoup votre écriture, Arnold.

Le meilleur, dans les journées les plus chaudes, c'est le petit matin. Cette fraîcheur qui va persister de l'aube jusqu'à la lumière. Cette certitude aussi que la journée sera belle, qu'on pourra même se payer le luxe de se mettre à l'abri, de tirer les persiennes, de choisir le côté de la rue à l'ombre. Arnold se souvient d'aurores beaucoup plus précoces. Adolescent, il lui arrivait de partir à la pêche avant cinq heures du matin. C'était une autre époque, une autre heure solaire, peut-être une autre façon aussi de sentir les choses ? Pourtant, il lui semble que ses petits matins d'aujourd'hui ont gardé leur intensité.

C'est un bel été. Les premières journées d'août n'ont rien changé. Quand Monsieur Spitzweg ouvre sa porte-fenêtre, il est beaucoup trop tôt pour les petits joueurs de football, et même pour les pompiers de la caserne voisine qui viennent faire leur réveil musculaire. Non, c'est l'heure du taichi. Trois ou quatre Asiatiques habitent le square Carpeaux. Ils tiennent peu de place, demeurent presque immobiles, parfaitement silencieux. Mais oui, ils habitent le square, et plus encore depuis que la rumeur des oiseaux s'est un peu calmée, effacée çà et là par le passage d'une voiture isolée dans la rue Marcadet. Arnold s'accoude à son balcon, son mug de café à la main. Il diffère la dégustation du premier Niñas, et se concentre sur les gestes du tai-chi. C'est beau, ces gestes lents des bras qui semblent se mouvoir dans l'air comme si c'était de l'eau. Les jambes se déploient sans affectation chorégraphique, sans trembler. Beaucoup de rondeur, aucun exploit, une impression de retenue, tout reste bien en deçà de la tension. Parfois, Arnold pose son mug et se surprend à reproduire une attitude. Mais il sent bien que ce n'est pas tout à fait ça, qu'il serait inutile pour lui de suivre des cours de tai-chi. Ce rapport à l'espace, ce dialogue entre l'intérieur et l'extérieur ne seraient chez lui qu'une posture. Il ne se verrait pas dire au bureau : « Vous savez, je me suis mis au tai-chi. » On ne se met pas au tai-chi. Ce langage est trop fluide pour être disséqué avec une méthode Assimil.

Pourtant, c'est peut-être ça que voudrait Monsieur Spitzweg. Une sérénité muette, enclose dans le corps et tutoyant l'espace, apprivoisant les formes et les couleurs. Quand il écrit, quand il essaie de suspendre quelques instants le cours de la vie, de se détacher des choses en les nommant, en tentant de les pénétrer, de les devenir, n'accomplit-il pas une sorte de tai-chi — une tentative de tai-chi, car il se sent encore bien loin de la maîtrise ?

Les silhouettes dans le square bougent lentement, si lentement. Le temps leur obéit. Elles sont encore là quand les pompiers déferlent au pas gymnastique, comme des éléphants dans un magasin de porcelaine. Certes ils se lèvent tôt, certes ils ont un corps sain, du dynamisme et même de la souplesse. Leur agitation paraît pourtant contre nature. Les silhouettes orientales brunes et bleues ne prennent pas la fuite. Rien ne pourrait les troubler. Elles sont en elles et elles sont là. Dans l'air elles sont dans l'eau, quand d'autres font déjà de la poussière.

Dimanche. Les Parisiens ont peu à peu décalé les heures du dimanche comme pour en faire un jour malléable, une vieille chaussure de jour où l'on glisse le pied en toute souplesse, en tout abandon. Le marché que l'on fait à midi, un apéro en terrasse jusqu'à quatorze heures, et puis peut-être un brunch. Les horaires de messe, les promenades dominicales compassées ont fait place à un farniente différé à l'infini. On refuse l'idée du rituel, même si d'autres rites s'installent en repoussant le soir — quand même, il ne faudra pas se coucher trop tard.

Au mois d'août, c'est plus marqué encore. Monsieur Spitzweg se lève tôt, pour la fraîcheur et pour prendre ses concitoyens à contre-pied. Aujourd'hui, il a décidé de longer le canal Saint-Martin jusqu'au bassin de la Villette. Un sandwich et une bouteille d'eau dans son petit sac à dos, pas plus, des Stan Smith au pied qui lui donnent quelques années de moins dans le tutoiement du sol. Il prend le bus jusqu'à République, et commence l'aventure. Il s'arrête longtemps au pont tournant. En attendant un peu, on voit toujours le passage d'un bateau. Accoudé en haut de la passerelle, c'est bien de voir l'eau pois cassé, l'écluse qui se vide et se remplit, meilleur encore de regarder le pont tourner pour laisser place à l'embarcation. Il y a un côté provincial, un côté avant-guerre dans cette manœuvre étonnamment désuète en plein cœur de Paris. C'est peut-être l'environnement mental qui joue aussi, l'Hôtel du Nord où l'on n'a pas tourné le film avec Jouvet et Arletty, le café-restaurant Le Pont Tournant où l'on a bien tourné un vieux Maigret pour la télé. Toute cette ancienne poésie suintante de Paris se mêle sans effort aux pimpantes boutiques bobos du quai d'en face, aux premiers jeux des enfants dans le square Villemin.

Arnold reprend sa flânerie. Il aime bien éprouver au fil des pas les transgressions de la capitale — une de ses préférées demeure la montée de la rue Oberkampf jusqu'à Ménilmontant. Le long du quai de Jemmapes, ce n'est pas mal aussi. Le resserrement des immeubles s'abolit, donne place à des zones plus incertaines où la modernité côtoie des curiosités post-industrielles, des lieux que l'on a transformés, d'autres que l'on transformera, d'autres encore qui resteront longtemps des énigmes vacantes. Pas forcément besoin d'aller jusque dans les Balkans.

Puis c'est la place de la Bataille-de-Stalingrad, une immensité déjà presque aveuglante sous le soleil qui monte vite. Arnold déguste l'ampleur du bassin de la Villette, sa relative solitude aussi. Il le sait bien. Quand il y repassera tout à l'heure, ce sera un autre monde. Il ne pensait pas pousser si loin. Le voilà déjà revenu à l'étroitesse du canal de l'Ourcq. Ourcq. Avec ce mot-là, on est hors de Paris, dans une fonction passée de la batellerie qui, sous la rudesse du patronyme, donne à imaginer plus loin, bien au-delà du périphérique que Monsieur Spitzweg ne franchira pas. Il s'assiéra dans l'herbe au parc de la Villette, y déploiera le *Journal du Dimanche* acheté à République en mangeant son sandwich.

Il fait déjà si chaud. Le chemin du retour est moins plaisant, il faut en convenir. En moins de deux heures, le bassin de la Villette a basculé. C'est maintenant une immense plage bruissante de foule. Sur le bassin, les canots se heurtent, les exclamations fusent, les gilets pneumatiques orange et jaune éblouissent. Sur les quais, c'est de la folie. Le bronzage estival prend ici la forme d'un cérémonial dur. Sur des chaises longues, parfois à même le sol, on s'offre au soleil comme s'il fallait tirer en quelques heures le substantifique profit d'un soleil qui brille pour tout le monde — mais sa consommation prend ici une brutalité impérieuse. Arnold sent monter un malaise. Beaucoup de ces corps exposés s'offrent en concentré les vacances qu'ils n'auront pas pu prendre ailleurs.

Pour Monsieur Spitzweg, c'est le contraire même de l'idée de vacances. Il avise l'immense complexe de cinéma. Ah oui, c'est cela qu'il lui faut. De l'ombre et de grands couloirs vides. N'importe quel film fera l'affaire. N'importe lequel ? Chance, on passe notamment le dernier Woody Allen qu'il n'a pas vu — un Woody Allen sans Woody acteur, ce qui n'a jamais le même charme aux yeux d'Arnold.

Quand même. L'été s'est tellement installé qu'on peut se permettre de le bafouer, de nier la lumière. C'est une assez bonne définition du luxe. Monsieur Spitzweg s'achète un Esquimau à la fraise, prend un grand plaisir à constater qu'il sera presque seul dans la salle capitonnée de bleu. Pendant les premières répliques, il termine son Esquimau, fomente de se débarrasser du bâton en le posant par terre, finit par le faire et en conçoit une petite honte. Il se carre dans son fauteuil, s'imprègne de la pluie qui tombe sur l'écran. Il songe avec délice aux forçats du soleil.

Ce fut très curieux. Pendant un bon moment, Arnold ne comprit pas de quoi il s'agissait. Pourtant, depuis quelque temps, il était plus sensible à cette rubrique radiophonique sur les blogs. Mais le préambule du chroniqueur n'avait pas éveillé son attention. Quelque chose comme : « Si vous faites partie des Parisiens qui n'ont pas quitté la capitale, cessez de vous apitoyer sur votre sort... » Puis il y eut des commentaires filandreux sur l'incroyable succès d'un blog « différent », un blog « qui semblait par sa nature même opposé à la philosophie de la communication informatique, et qui cependant... ». Ce fut peut-être l'expression « simple employé de La Poste » qui chatouilla secrètement la susceptibilité plus ou moins enfouie de notre anti-héros, sans le faire accéder complètement à la surface. Il fallut que se détache clairement le nom « Arnold Spitzweg » pour qu'il commençât à dissiper la torpeur mentale qui l'embrumait toujours avant consommation de son premier café.

Oui, depuis au moins trois minutes on parlait de lui sur France Inter. De lui, ou plutôt de cette entité qui menaçait depuis quelques semaines de se décoller de lui pour vivre sa propre existence. www.antiaction.com. Déjà le journaliste, après avoir survolé le contenu, en remettait une couche sur « une écriture assez étonnante ».

Voilà. Arnold était réveillé. Sa première accession à la notoriété médiatique se doublait déjà d'une frustration bien chichiteuse. Sans doute eût-il dû simplement sourire d'un bonheur extatique. Mais il se surprit d'emblée à bougonner, puis à accompagner le discours de l'homme de radio comme il avait coutume de le faire pour tous les jugements émis par le « petit poste ». Pourquoi une écriture *assez étonnante* ? Parce que je suis *un simple employé de La Poste* ? Et toi, qui es-tu pour me juger de si haut ? Bientôt des adjectifs, « savoureux, simple, sensuel », vinrent panser les plaies vite ouvertes de notre faux modeste.

Au bureau, Clémence semblait survoltée :

— J'ai entendu ce matin. Formidable !

Dumontier fit du Dumontier :

— On vous a fait un peu passer pour le ravi de la crèche, mais vous allez voir, ça va cartonner !

C'est Madame Bornand, la charcutière de la rue Marcadet, qui fit le soir même prendre conscience à Monsieur Spitzweg de l'importance de cette promotion.

— Je faisais griller mes petites tartines, et tout d'un coup j'ai dit à mon mari : mais c'est Monsieur Spitzweg !

Arnold pensa qu'il avait conquis là une réelle identité. Madame Bornand, quand elle lui tendait sa barquette de choucroute garnie, se contentait à l'ordinaire d'un « Bonsoir, Monsieur euh... » Mais là, elle maniait le patronyme « Spitzweg » avec une aisance qui ne pouvait plus faire douter : Arnold était sorti de l'anonymat.

S'ensuivit, entre le découpage d'un bout de saucisse de Morteau et celui d'une fine tranche de poitrine fumée, une discussion — qui l'eût dit ? — sur les attraits de l'écriture.

— Moi, telle que vous me voyez, Monsieur Spitzweg, j'ai longtemps tenu mon journal. Oh bien sûr, je n'écris pas comme vous — je suis allée jeter un œil tout de suite, vous pensez, ils ont bien insisté sur les références. Mais j'aimais bien... Maintenant, évidemment, avec la boutique, je n'ai plus le temps.

Gêné, Arnold bafouilla un peu sur la satisfaction qu'on trouve à s'exprimer, peu importe le style, d'ailleurs le sien n'était pas si...

Madame Bornand, en dépit de ses précautions oratoires, ne semblait pas crouler sous les complexes. Dans un élan de complicité, elle n'hésita pas à couper la parole à notre nouveau grand homme pour conclure :

— C'est un exécutoire !

C'est le premier vrai orage de l'été. Non pas une simple exaspération de la chaleur tout à fait en fin de journée, suivie d'une pluie intense et brève ; un orage du changement, comme il y en a souvent juste après le 15 août. Tonnerre et éclairs ont mitraillé l'espace dès 15 heures. À travers les vitres du bureau de poste, on a vu en quelques secondes tout un monde basculer. Des silhouettes apeurées, transies dans leur tee-shirt ou leur robe d'été, ont abandonné la nonchalance de la déambulation, cessé de s'afficher pour chercher à s'effacer, à disparaître. Une pluie longue a cinglé sans rémission la devanture toute l'après-midi. Les gens qui entraient dans le bureau sentaient le chien mouillé, secouaient leur chevelure comme si c'était une bonne farce, mais personne n'était dupe.

Maintenant la pluie s'est presque arrêtée. Monsieur Spitzweg sort dans le gris, déplore pour la forme ce coup d'arrêt en quittant ses collègues. Au fond, il aime ça. Il se sent bien.

On respire mieux, devant l'église Saint-Germain déserte. Aux terrasses du Flore et des Deux Magots, il y a toujours foule, mais, sous la bâche, touristes et lettrés ont rétréci leur emprise sur le monde et se tutoient du coude. Arnold se dit qu'il pourra bientôt peut-être acheter le nouveau pull d'automne qui donnera ses couleurs à la saison. Il n'a plus envie d'un pastis à la terrasse du Rouquet. C'est bien de rentrer dans la salle, de retrouver le Paris des banquettes, de commander un thé au lait. C'est bon de pouvoir refaire ce geste : se réchauffer la paume des mains en englobant la tasse.

Un orage dans sa vie. Monsieur Spitzweg se dit en souriant que cette précipitation météorologique est peut-être une métaphore qui le concerne lui, Arnold Spitzweg au patronyme difficile, souvent écorché, répandu tout à coup sur les ondes la veille. Entendre son nom à la radio a mis comme une distance entre son nom et lui. On a parlé de lui, et il ne s'est pas reconnu. Comment pourrait-il se reconnaître, lui qui ne se regarde pas dans les vitres, et si furtivement chaque matin dans le miroir de la salle de bains ?

Pourquoi cet engouement pour www.antiaction.com ? Pendant quelques heures, il doit bien l'avouer, Arnold a senti dans ses veines le coulis de framboise de la vanité. Mais la pluie est si vite venue sur l'aveuglement de l'été. « Formidable ! » a jugé Clémence. « On vous a fait un peu passer pour le ravi de la crèche ! » a tempéré Dumontier. Même s'il faut faire la part de son caractère, Dumontier n'a pas tort. Monsieur Spitzweg était trop dans le coaltar pour analyser les paroles du journaliste. Il s'est bien senti pourtant réduit à une sorte de phénomène de société. Il s'est senti réduit. Exposé, résumable. C'est comme si, en reconnaissant sa singularité, on lui avait retiré le pouvoir d'irriguer secrètement le monde et de se confondre avec lui. Monsieur Spitzweg a goûté le poison de la notoriété. Il est devenu détachable.

Le gris dura trois jours, avec une fraîcheur étrange. Lachaume et Jeanne Corval revinrent de vacances. Depuis quelques années, la rentrée se précipitait. Arnold pensait à ces congés scolaires qui se prolongeaient jusqu'à la mi-septembre, sur les vignes déjà blondes de Kintzheim. Après tout, il ne fallait pas faire un monde d'une chronique à la radio. Personne n'avait vu sa photo. On n'allait pas le reconnaître dans la rue. Mais il ne put s'empêcher de constater que ses internautes visiteurs étaient devenus bien plus nombreux encore. La nature de leurs interventions changeait aussi. L'enthousiasme était quasi général, comme s'il y avait un courant, un mouvement irrépressible.

Monsieur Spitzweg écrivit moins. Il sentait presque physiquement une attente, et se surprenait à se censurer lui-même. Non, quand même, je ne vais pas parler de mon marchand de fruits de l'avenue de Saint-Ouen, il pourrait se reconnaître. Pas non plus des cassettes de football dans la salle d'attente du docteur Girard. En même temps, il ne mettait guère en scène que des silhouettes anonymes. Et si son besoin de nommer l'instant disparaissait à la moindre pression, c'est qu'il était bien fragile.

Il y avait de quoi prendre la grosse tête en lisant les messages. Les « comme ça fait du bien ! » revenaient de manière insistante. « Faire du bien. » L'expression avait de quoi interroger. Certes, il ne s'agissait pas de faire *le* bien — Arnold n'appréciait guère les philanthropismes trop affichés, et il n'eût pas supporté de voir sa prose vouée à un positivisme évangélique. Faire *du* bien, c'était autre chose, c'était plus sensuel et plus léger. Pas désagréable après tout pour un célibataire endurci de faire du bien à toutes ces Marianne et ces Stéphanie. On était souvent toutefois dans un registre intermédiaire un peu ambigu. Cela faisait du bien de le lire après une opération, quand on avait perdu le goût de vivre après une séparation, un décès, une mise au chômage. Il y avait quand même là un aspect antalgique qui stupéfiait Monsieur Spitzweg... C'était si loin de son projet. Mais quel projet ?

Il préférait nettement les messages qui évoquaient la volupté d'un changement de rythme. « Avec vous, tout d'un coup, on prend le temps... On regarde des choses auxquelles on ne prête pas attention d'habitude. » Arnold était aux anges en lisant cela. Un mot venait s'insinuer parfois dans ces discours, un mot qui gâchait tout. « Banal. » « Vous nous parlez des choses les plus banales. » Monsieur Spitzweg fronçait les sourcils. Il n'allait pas jouer au philosophe de magazine en répondant. Depuis l'inflation des messages, l'absence de réponse était devenue règle d'or. Il ne voulait pas non plus dénaturer ses textes en y glissant l'abstraction qui lui brûlait les doigts : rien n'est banal. De toute façon cela eût passé pour une pose, ou un sophisme. On ne le suivrait pas.

Le ton de ses « visiteurs » devenait au fil des jours de plus en plus proche, presque familier parfois. « Veuillez m'excuser si je prends la liberté de vous appeler Arnold... » Le dernier message utilisait un tutoiement qui semblait de prime abord bien incongru. Il était signé ainsi :
www.helenewohlebernecker.com

Hélène est là. À huit heures trente, à la terrasse du Rouquet ! Arnold n'en croit pas ses yeux. Hélène-Paris. Ce n'est pas la guerre de Troie. Ces deux mots sont au fond de lui les deux versants antinomiques de ses vies possibles. Elle est là. Si naturelle. Si jolie — comment penser qu'elle avance elle aussi doucement vers la cinquantaine ? Jean délavé, caraco noir sous une courte veste légère du même ton, si blonde et si bronzée. Elle a même des Converse noir et blanc aux pieds. Bref, une de ces femmes auxquelles on se doit de dire, quand elles se promènent avec leur progéniture : « On se demande qui est la mère, qui est la fille ! » C'est drôle, Arnold n'en avait pas gardé la même image la dernière fois qu'il l'avait vue, à Kintzheim, pour l'enterrement de sa mère. Hélène avait d'autres pensées en tête, il est vrai. Devant l'hébétude de Monsieur Spitzweg, la volubilité facile d'Hélène Wolheber-Necker est étonnante.

— Oui, ma fille Jeanne fait un stage dans une entreprise d'informatique pas loin de l'Opéra. Pierre est en Angleterre. Quant à Thomas, il avait prévu une semaine de cyclotourisme en Auvergne la dernière semaine d'août, avec des amis vignerons comme lui. Après, ils auront bien trop de travail. Alors je me suis dit, bon, tout le monde me laisse tomber, pourquoi pas une semaine à Paris ?

Oui, pourquoi pas. Mais à travers la syntaxe et les gestes fluides d'une femme à l'aise dans la société reste quand même cette avancée troublante sur les terres spitzwegiennes. À huit heures trente, à la terrasse du Rouquet !

— Mais comment... Ici ?..., balbutie Arnold, complètement désarçonné avec son numéro de *L'Équipe* replié sous le bras.

Et le garçon qui doit lorgner du coin de l'œil depuis trois minutes cette scène inédite.

— Tu sais, tu n'es pas si difficile à pister. Tu es un peu le Petit Poucet de la toile : tu laisses des cailloux partout sur ton chemin. Je n'avais pas ton numéro de téléphone, mais cela fait quelques semaines que je n'ignore rien de ton blog.

Ils ont commandé deux cafés. Monsieur Spitzweg a trouvé que le serveur outrepassait un peu son affectation de discrétion au moment de prendre la commande. Mais le temps a filé si vite. Arnold doit s'échapper.

— Écoute, Jeanne me fait faux bond ce soir.

Un repas avec des copines. Si tu veux, on passe la soirée ensemble. On doit avoir tellement de choses à se dire. Et puis, sortir dans Paris avec un tel amoureux de la Capitale !

Et comme Arnold acquiesce, encore bien cotonneux, un peu béat :

— Tu vas être en retard. Dix-huit heures au Comptoir des Saints-Pères. Tu vois, je connais mes classiques !

Arnold passa une étrange journée.

— Eh bien, Spitzweg, vous êtes là, mon vieux ?

Non, il n'était pas là. Comment s'intéresser aux problèmes de La Poste quand une Hélène Necker papillonnait dans Paris, dans l'attente d'une soirée avec lui ? En quoi cette Hélène-là coïncidait-elle avec l'Hélène de son enfance, de son adolescence ? Quelles étaient ses intentions ? Avait-elle des intentions ? Et puis, où l'emmener le soir ?

Arnold fit défiler bien des possibles, des quartiers où ce serait délicieux d'imaginer une Hélène en train de lui faire des confidences en Converse noir et blanc. Prendre un pot, marcher un peu, avec le beau temps revenu, pas de problème. Mais il y aurait forcément un restaurant, et là Arnold perdait la main, il le sentait bien. Hélène avait ce type d'aisance qui lui ferait trouver tout normal, du bistrot resserré au Grand Véfour — Le Grand Véfour, n'importe quoi ! Monsieur Spitzweg ne voulait pas l'inviter au-dessus de ses moyens : cela ne l'éblouirait pas, gèlerait la conversation, qui se mettrait trop à tourner autour de ce qu'on leur servirait. Il ne souhaitait pas non plus l'intégrer dans un de ses restaus d'habitude — ils n'étaient pas exactement de vieux amis, c'était plus compliqué. Une révélation le saisit tout à coup à l'heure du café. Le quai de la Tournelle ! Oui, ça elle aimerait.

Et elle aima. Quand Arnold retrouva Hélène à l'angle de la terrasse du Comptoir des Saints-Pères, il sentit nettement dans son dos le regard appuyé de Jeanne, de Dumontier, et surtout de Clémence — évidemment, il n'avait pu s'empêcher de rougir et de barboter dans sa phrase en évoquant une ancienne copine de classe. Hélène fut d'emblée enthousiasmée par ce projet de pique-nique — elle venait de temps en temps à Paris, mais ça, vraiment, elle n'avait jamais fait.

Ils flânèrent longtemps au Luxembourg, prirent un café près du kiosque, déambulèrent jusqu'aux ruches du Sénat. Hélène Wolheber-Necker venait à Paris. Elle *faisait* les expositions, connaissait les cinémas d'art et d'essai rue Champollion. Visiblement, ça marchait bien pour le viticulteur Thomas Wolheber, devenu quelque peu hégémonique dans son fief, du crémant au gewurztraminer. Par ailleurs, Thomas Wolheber était un grand chasseur, passionné de sports mécaniques et de vélo, enfin tu l'as connu autrefois, tu peux imaginer. Elle en parlait avec un mélange d'admiration et de distance, pas mal d'humour aussi, rassure-toi, je ne suis pas une Madame Bovary. Elle admettait une petite fêlure intervenue avec le départ des enfants de la maison — ils reviennent souvent, enfin, tout va plutôt bien. Bien sûr, elle avait pensé à Arnold lors de ses visites parisiennes, mais il ne donnait plus signe de vie, ne revenait plus en Alsace. C'est Françoise Wurth, tu te rappelles, qui m'a parlé de ton blog.

Les courses pour le pique-nique furent un bon moment. Il n'y avait plus de cerises, mais Hélène adorait les figues et le châteauneuf-du-pape — par pitié, pas de vin d'Alsace. Il y eut des fous rires, un naturel qu'ils n'espéraient pas retrouver. Quai de la Tournelle, le soleil avait commencé de fléchir, passait déjà entre les tours de Notre-Dame. La fin d'été allongeait les ombres, et dans cette lumière les cheveux mi-longs d'Hélène bougeaient dans le contre-jour. Arnold trouvait très réussie cette coupe qu'il avait déjà vue dans des magazines, cheveux lisses taillés à peine à l'oblique, un peu plus longs devant, avec des pointes. Ils s'assirent en tailleur, déployèrent leurs emplettes ; Monsieur Spitzweg avait même acheté un torchon à carreaux pour faire la nappe.

Arnold posait des questions sur Kintzheim, Hélène les éludait assez vite. Rien n'était comme avant, mais rien ne changeait vraiment. Elle était intarissable sur www.antiaction.com. Arnold faisait le modeste, plus que flatté. Il commençait à se dire qu'il n'y avait pas de hasard, qu'il avait trouvé là sans le vouloir l'occasion de briller enfin devant son amour d'enfance. Un léger décalage flottait pourtant. Monsieur Spitzweg voulait savoir les petits détails qui avaient plu à Hélène dans son blog. Elle répondait de façon globale, en revenant toujours à un regard sur la vie qui l'avait surprise — je ne te voyais pas comme ça. Et puis elle répétait : « Tu vois bien, ça touche tout le monde. Même avant la chronique sur France Inter. Les gens te suivent... »

Difficile pour Arnold d'analyser le mouvement qui la rapprochait de lui. Elle était toujours jolie, assez peu affective au fond, peu sensible à l'évocation des heures passées ensemble à faire leurs devoirs dans la Winstub Necker. Quant au *regard sur la vie*, elle semblait apprécier qu'il soit partagé. Elle voulait convaincre Arnold de sa célébrité, comme s'il lui importait de s'en convaincre elle-même.

La soirée était un peu fraîche, mais le châteauneuf les réchauffait. Ils parlèrent très tard, un peu intimidés sans doute par l'issue de ce tête-à-tête. Arnold se disait que cela aurait une certaine classe de laisser leur rencontre suspendue dans l'inabouti, un peu comme dans *Les Vestiges du jour*. Là sûrement, avec le temps passant, le regret, les souvenirs d'enfance réveillés pour lui, le sentiment d'une chance manquée, cela deviendrait une vraie histoire d'amour, juste ratée par maladresse, et comme exprès.

Les choses n'allèrent pas dans ce sens. Deux ou trois détails, des mains qui se frôlent ou non en rangeant les affaires, un pas glissant ou non sur le trottoir, peuvent infléchir le sens du film, rien n'est écrit. Le présent est si fort. L'hôtel d'Hélène était tout proche, à côté de la place de la Contrescarpe. Arnold avait déjà entraperçu la cour pavée où l'on pouvait prendre le petit déjeuner aux beaux jours. Ils s'embrassèrent devant le porche. Un couple d'Américains passa à côté d'eux en leur lançant un coup d'œil égrillard. C'était sérieux, pourtant. Arnold suivit Hélène dans sa chambre, aux murs tendus d'une tapisserie au motif de toile de Jouy très french cosy.

Il y a mille façons de faire l'amour la première fois. Elles recèlent toutes une vérité, mais il y a aussi une sorte de mise en scène imposée. Entre eux, c'était sérieux, un peu surjoué. Ils firent monter l'excitation avec la partition facile ici de la transgression impatiente, puis le mouvement lent de la rencontre possiblement unique. Arnold s'échappa avant l'aube, renonçant à gagner le 226 rue Marcadet. Il traîna dans le quartier, « habillé comme hier », expression d'une chanson qu'il aimait. Il attendit que s'ouvre le premier café, à l'angle du boulevard Saint-Michel. Il se sentait beaucoup plus jeune. Et déstabilisé. Oui, ça serait la seule fois.

Hélène envoya un Texto à onze heures le lendemain. Son père s'était cassé le col du fémur, elle rentrait en Alsace. Chauds baisers. Il n'était pas question d'un plus tard. Arnold rencontra le regard de Clémence. Cela avait été si différent avec elle, la première fois, dans son appartement de Bécon-les-Bruyères. Ils avaient apprivoisé si doucement la peur de se décevoir, à gestes frêles, et la confiance était venue avec l'humilité.

Quelle tempête sous le crâne d'un Spitzweg ! Voilà qu'il était presque un homme à femmes, que ses belles résolutions de solitude léautaldienne volaient en éclats. Il voulut balayer au plus vite ce désarroi qui le tentait. Le soir même, il alla s'installer sur un banc du square Carpeaux, son Mac sur les genoux, et livra pour son blog une description minutieuse du soir, des jeux des enfants dans le bac à sable et sur la piste de roller, des attitudes des mamans et des vieux, s'attarda sur la lumière un peu molle de la fin du mois d'août, tenta une comparaison filée avec l'engourdissement de la gelée de coing. Bref, il fallait reprendre les rênes, effacer le despotisme des avatars et des troubles. Montrer à ses lecteurs — surtout à deux lectrices — qu'il restait maître de l'instant. Mais c'était moins facile.

Le lendemain, dans le métro, il s'amusa d'une scène qui lui sembla d'abord sans rapport avec sa propre histoire. L'homme était monté dans le wagon, comme Arnold, à Lamarck-Caulaincourt. La femme à Abbesses. Elle s'était assise près de l'homme, et ils avaient noué conversation à propos d'un journal gratuit posé près d'eux sur la banquette, qu'ils avaient fait le geste de saisir au même instant. Ils avaient souri, s'étaient fait quelques politesses, assez pour se jauger physiquement, socialement, en quelques phrases, se reconnaître compatibles. La petite quarantaine, une certaine allure d'un côté comme de l'autre, beaucoup d'attention portée à leur tenue vestimentaire, plutôt BCBG. S'en était ensuivie une conversation que Monsieur Spitzweg ne pouvait pas entendre. Debout au milieu du wagon, le dos calé contre la barre d'appui, il se contentait de les regarder à la dérobée, avec de plus en plus d'insistance. De loin, c'était assez comique. Il leur avait suffi de quatre ou cinq stations pour que leur conversation tourne au vrai numéro de séduction. Leur sourire et leur enjouement avaient d'abord gravité au deuxième degré, dans une courtoisie un peu trop affectée. Mais très vite, leur assise physique avait pris une complicité, un abandon surprenants dans un trajet d'avant travail.

Intrigué, Arnold s'était rapproché : une place venait de se libérer dans le petit carré à côté d'eux. La coquetterie de leur entretien avait toutes les marques d'un rapport amoureux commençant. Ce qui amusa beaucoup Monsieur Spitzweg, ce fut d'entendre le décalage entre la parade séductrice des attitudes et la teneur de leur conversation, tellement en deçà, tellement dérisoire, ou hypocrite. Avant de les abandonner à regret à la station Rue-du-Bac, il eut le temps d'entendre la femme proférer en fermant à demi les yeux :

— Ah ! Internet... C'est formidable, c'est vrai. Mais il faut savoir ne pas trop s'en servir.

La musique de la phrase correspondait plutôt à quelque chose comme : « Ah ! faire l'amour... C'est délicieux. Mais il faut en abuser à bon escient. »

En descendant sur le quai, Arnold pensa qu'il tenait là une scène de comédie humaine assez édifiante. C'était tentant de croquer dans son blog, d'une manière qu'il imaginait déjà jubilatoire et caustique, la petite parcelle d'humanité qu'il avait dérobée. En remontant la rue Jacob, il se dit cependant qu'il y aurait là un ton différent qui risquait de choquer Clémence et Hélène, mais aussi toutes ses lectrices habituelles. Il écrivait donc pour elles ?

Septembre. Monsieur Spitzweg aime le mot, l'idée. Peu concerné en apparence par les rythmes scolaires, il guette néanmoins les signes de rentrée, cette façon de jouer dans le square qui devient différente, le soir, quand les enfants ont fini leurs devoirs. Lachaume dirait que les jours finissent beaucoup plus tôt, mais la lumière est encore d'été. Arnold attend un peu pour partir en vacances ; il sent que Paris n'est plus immobile.

À propos de tout, on parle de rentrée. Quand on n'est pas parti soi-même, le concept est d'une virtualité plutôt séduisante. De toute manière, Monsieur Spitzweg aime bien se sentir différent. Car la rentrée est aussi moutonnière. Un de ses aspects les plus ridicules aux yeux d'Arnold est ce rassemblement hebdomadaire des fanatiques de roller. Il a souvent croisé le flot, précédé et suivi d'un dispositif policier, et même d'un contingent de bénévoles, encadreurs dynamiques et quasi militaires. Si on a le malheur de tomber sur eux, on en a bien pour un quart d'heure avant de pouvoir traverser. Ils sont tous là pour s'éclater, être ensemble. Arnold les regarde, horrifié et ravi de ne pas appartenir à la meute. La tête de l'essaim est si rapide, si violente. En fait de convivialité, il semble bien que le plaisir vienne surtout pour ceux-là du sentiment d'être plus forts, plus aériens. Le ventre mou du peloton se débat dans une cohue qui rappelle les trottoirs des grands magasins avant Noël. Il faut attendre la fin de la caravane pour distinguer des comportements singuliers. Parfois une fille est tombée mais veut poursuivre l'odyssée, le genou bandé, soutenue par son compagnon. Quelle ivresse de faire partie du troupeau ! Monsieur Spitzweg songe avec terreur qu'il a disputé naguère le marathon de Paris, dans une ambiance similaire. Il était grand temps de s'extraire !

Un autre des symptômes de la rentrée est, depuis quelques années, le retour sur le petit écran de la *Star Academy*, version perverse du phénomène plus général de la télé-réalité. Perverse car au moins le premier reality show, porteur du doux nom de *Loft Story*, était sans équivoque : il s'agissait de devenir célèbre, sans autre vrai talent que cette volonté. Les qualités requises pour cette focalisation espérée consistaient à supporter le mieux possible une vie collective poisseuse en dortoir poisseux, postures avachies dans des sofas, conversations à base de psychologie venimeuse sous apparence de franchise hébétée... Il y eut d'autres avatars de cette coagulation triomphante. Des stars en voie de ringardisation avancée dans *La Ferme*, de fausses amoureuses et vraies actrices de peep-show dans *Le Bachelor*. La *Star Academy* joue sur un registre légèrement différent qui agace et passionne au plus haut point l'homme de Kintzheim. Le dortoir est toujours aussi collant, les conversations lénifiantes, mais il y a aussi l'idée de réussir, de révéler une personnalité en chantant les chansons des autres, en singeant leur talent.

Arnold se laisse souvent captiver par les ondes du petit écran. Chaque fois qu'il a parlé de reality shows, Dumontier ou Jeanne Corval l'ont renvoyé dans les cordes : « Je ne sais pas ce que c'est, je ne regarde pas. » Monsieur Spitzweg ne pourrait en dire autant. Il a regardé, fasciné par ce désir d'être connu pour être connu. Il s'en est justifié quelquefois auprès de Clémence, la seule à l'écouter :

— Il y a là-dessous une angoisse métaphysique. Un besoin d'exister qui ne reposerait sur rien. Ça, c'est vraiment notre époque. Ça m'horripile, évidemment. Mais bizarrement, ça me concerne.

— Vous vous rendez compte ! s'indigne Jeanne Corval. Je vous ai déjà parlé de mon beau-frère. Il envoie depuis quinze ans des manuscrits par la poste. Jamais d'autres réponses que « Malheureusement, en dépit de ses qualités, votre projet n'entre pas dans le cadre de nos collections, gna gna gna... » Pourtant j'en ai lu un, et je peux vous dire qu'il a du talent. Et vous, on vient vous prier à genoux ! Vous n'avez pas le droit de refuser.

Monsieur Spitzweg a jeté en pâture à la foule, à l'heure du café, cette nouvelle qui l'attendait la veille au soir sur son ordinateur. Un éditeur, et pas un éditeur à coups médiatiques, un éditeur généraliste ayant pignon sur rue, lui proposait de publier son blog. Un coup de téléphone passé dans la matinée suivante lui confirmait l'événement. Arnold, intimidé, pensait tomber après le standard — je vous passe la secrétaire particulière de Monsieur... — sur une vigile revêche chargée de différer les prises de contact.

Mais à l'annonce de son nom, on lui passa tout de suite le grand homme. Ce dernier y croyait beaucoup :

— Je pense qu'on reprendra simplement le titre de votre blog en le simplifiant : *antiaction. com*, ça sonnerait très bien. Vous bénéficierez bien sûr d'un à-valoir conséquent. Nous allons nous rencontrer. Voyez mon planning avec ma secrétaire...

Et comme Arnold évoquait son peu d'enthousiasme à apparaître dans des émissions de promotion, le grand éditeur éludait à l'avance le problème avec un brin de condescendance :

— Écoutez, il y a déjà un Thomas Pynchon. Pas évident aujourd'hui de jouer le rôle du grand écrivain caché. Et puis, pour être tout à fait sincère, nous ne vous publions pas parce que vous êtes un écrivain. Mais vous représentez quelque chose, un courant qui doit s'exprimer. Nous nous entendrons...

Arnold avait balbutié qu'il rappellerait. Il lui paraissait impossible de se lancer d'emblée dans l'aventure. Il dormit mal, ce qui ne lui arrivait jamais. Entendre l'avis de ses collègues lui paraissait essentiel, comme s'il ne menait plus sa barque tout à fait.

Lachaume était encourageant, avec une inquiétude plutôt sympathique :

— Si cela ne vous empêche pas de faire partie de notre petite équipe, je n'y vois que des avantages, mais je crains que...

— Vous savez... pardon de vous couper, Lachaume, s'emballait Dumontier, je crois que notre ami Arnold ne doit pas lâcher la proie pour l'ombre. Il se peut très bien que son bouquin ait du succès. L'idée est dans l'air. Mais les temps changent vite. Et pour la suite...

— Je ne suis pas d'accord !

C'est Clémence qui parle, évidemment.

— Ce que les gens aimeront, ce n'est pas *ce qui est dans l'air*, comme vous dites. C'est une façon de voir, mais aussi d'écrire. À mon avis, le livre n'aura pas un gros succès commercial. Mais il aura des lecteurs, qui liront les livres qui suivront... Et puis, ajoute-t-elle avec une émotion palpable, cela permettrait à Arnold de se réaliser tout en restant avec nous !

— De toute façon, lance Monsieur Spitzweg, il n'est pas question que je quitte le bureau !

L'idée est dans l'air. Ce sont toujours les phrases de Dumontier qui poursuivent Arnold. En fin d'après-midi, tandis qu'il rentrait à pied vers la rue Marcadet, ces mots-là dansaient dans sa tête. Une idée dans l'air. Son blog était cruellement mais justement résumé ainsi, il fallait s'y résoudre. D'autres phrases remontaient, des e-mails de lecteurs : « Vous nous faites du bien... À notre époque... » Il était heureux que Clémence lui trouve du style, mais il fallait le reconnaître : elle était presque la seule, depuis la naissance de www.antiaction.com.

La forme comptait peu. C'était donc le fond

qui intéressait les gens, et maintenant l'édition. La reconnaissance bien paradoxale d'une façon d'être qui consistait précisément à s'effacer, à disparaître. L'afficher ainsi, n'était-ce pas la renier ? Restait l'idée du livre. Un seul livre peut-être, mais ça, c'était tentant. Un petit parallélépipède rectangle dans lequel Arnold tiendrait un autre lui-même, le meilleur peut-être. Fallait-il exister en dehors de soi ? Arnold marchait lentement. Il s'arrêta pour boire une bière au Wepler. Impossible de goûter l'instant. Ce soir, il ne dormirait pas.

Arnold est à Ostende, et Lachaume a gagné : les jours sont devenus bien courts en ce début d'octobre, surtout par ce temps gris. Ils vendent toujours sur le port ces petites barquettes de poissons à déguster en marchant le long de la digue. Un morceau de hareng, un de maquereau poivré, la tache orange d'un bout de haddock.

Monsieur Spitzweg respire. Il est juste un peu triste, et presque heureux. Les dernières phrases de son blog ne manquaient pas d'allure, il mange d'abord le hareng : « Merci d'avoir aimé ce blog. Mais depuis que vous m'attendez, je ne peux plus l'écrire. Cette phrase au présent est mon dernier présent pour vous. Un présent de l'indicatif : tant mieux si c'était un cadeau. »

Arnold en a bien conscience : la solennité le guettait. Il était temps d'en finir avec une écriture pour les autres. Pour l'édition, le choix lui prit deux nuits. La réponse fut non. Non, il n'était pas fait pour vivre en dehors de lui.

Il garde son carnet. Tout à l'heure, quand la bruine aura cessé, il y notera peut-être un mot sur le mélange savoureux entre le maquereau fumé, la mer du Nord. Il salive d'avance au plaisir retrouvé d'écrire seulement pour lui. Il enverra aussi une carte postale à Bécon-les-Bruyères. Il reste le haddock, le meilleur pour la fin. Un tanker passe au loin. Monsieur Spitzweg sourit. Il vient de parler à voix haute. Et si j'étais un bartleby ?

DU MÊME AUTEUR

Aux Éditions Gallimard

LA PREMIÈRE GORGÉE DE BIÈRE ET AUTRES PLAISIRS MINUSCULES (prix Grandgousier 1997), (collection L'Arpenteur).

LA SIESTE ASSASSINÉE (collection L'Arpenteur; Folio n° 4212).

LA BULLE DE TIEPOLO (collection Blanche; Folio n° 4562).

DICKENS, BARBE À PAPA ET AUTRES NOURRITURES DÉLECTABLES (collection L'Arpenteur; Folio n° 4696).

Gallimard Jeunesse

ELLE S'APPELAIT MARINE (Folio junior n° 901). Illustrations in-texte de Martine Delerm. Couverture illustrée par Georges Lemoine.

EN PLEINE LUCARNE (Folio junior n° 1215). Illustrations de Jean-Claude Götting.

CE VOYAGE (collection Scripto).

Dans la collection Écoutez lire

LA PREMIÈRE GORGÉE DE BIÈRE ET AUTRES PLAISIRS MINUSCULES (2 CD).

DICKENS, BARBE À PAPA ET AUTRES NOURRITURES DÉLECTABLES (1 CD).

Aux Éditions du Mercure de France

IL AVAIT PLU TOUT LE DIMANCHE (Folio n° 3309).
MONSIEUR SPITZWEG S'ÉCHAPPE (Petit Mercure).
MAINTENANT, FOUTEZ-MOI LA PAIX ! (Folio n° 4942).
QUELQUE CHOSE EN LUI DE BARTLEBY (Folio n° 5174).

Aux Éditions du Rocher

ENREGISTREMENTS PIRATES (Folio n° 4454).
LA CINQUIÈME SAISON (Folio n° 3826).
UN ÉTÉ POUR MÉMOIRE (Folio n° 4132).
LE BONHEUR. TABLEAUX ET BAVARDAGES (Folio n° 4473).
LE BUVEUR DE TEMPS (Folio n° 4073).
LE MIROIR DE MA MÈRE, en collaboration avec Marthe Delerm (Folio n° 4246).
AUTUMN (prix Alain-Fournier 1990), (Folio n° 3166).
LES AMOUREUX DE L'HÔTEL DE VILLE (Folio n° 3976).
MISTER MOUSE OU LA MÉTAPHYSIQUE DU TERRIER (Folio n° 3470).
L'ENVOL.
SUNDBORN OU LES JOURS DE LUMIÈRE (prix des Libraires 1997 et prix national des Bibliothécaires 1997), (Folio n° 3041).
PANIER DE FRUITS.
LE PORTIQUE (Folio n° 3761).

Aux Éditions Milan

C'EST BIEN.
C'EST TOUJOURS BIEN.

Aux Éditions Stock

LES CHEMINS NOUS INVENTENT.

Aux Éditions Champ Vallon

ROUEN (collection « Des villes »).

Aux Éditions Elytis

INTÉRIEUR.

Aux Éditions Magnard Jeunesse

SORTILÈGE AU MUSÉUM.
LA MALÉDICTION DES RUINES.
LES GLACES DU CHIMBAROZO.

Aux Éditions Fayard

PARIS L'INSTANT.
TRACES, photographies de Martine Delerm.

Aux Éditions du Seuil

FRAGILES. Aquarelles de Martine Delerm.

Aux Éditions du Serpent à Plumes

QUIPROQUO (Motifs n° 223).

Aux Éditions NiL

À GARONNE.

Aux Éditions Panama

LA TRANCHÉE D'ARENBERG ET AUTRES VOLUPTÉS SPORTIVES (prix Sport scriptum du meilleur livre de sport 2007), (Folio n° 4752).

Aux Éditions Prolongations

AU BONHEUR DU TOUR.

Aux Éditions Circa 1924

COTON GLOBAL, illustrations de Marie Ciosi.

Aux Éditions Points

MA GRAND-MÈRE AVAIT LES MÊMES : LES DESSOUS AFFRIOLANTS DES PETITES PHRASES.

Aux Éditions Librio

L'ENVOL suivi de PANIER DE FRUITS.

COLLECTION FOLIO

Dernières parutions

4857. Yannick Haenel	*Cercle.*
4858. Pierre Péju	*Cœur de pierre.*
4859. Knud Romer	*Cochon d'Allemand.*
4860. Philip Roth	*Un homme.*
4861. François Taillandier	*Il n'y a personne dans les tombes.*
4862. Kazuo Ishiguro	*Un artiste du monde flottant.*
4863. Christian Bobin	*La dame blanche.*
4864. Sous la direction d'Alain Finkielkraut	*La querelle de l'école.*
4865. Chahdortt Djavann	*Autoportrait de l'autre.*
4866. Laura Esquivel	*Chocolat amer.*
4867. Gilles Leroy	*Alabama Song.*
4868. Gilles Leroy	*Les jardins publics.*
4869. Michèle Lesbre	*Le canapé rouge.*
4870. Carole Martinez	*Le cœur cousu.*
4871. Sergio Pitol	*La vie conjugale.*
4872. Juan Rulfo	*Pedro Páramo.*
4873. Zadie Smith	*De la beauté.*
4874. Philippe Sollers	*Un vrai roman. Mémoires.*
4875. Marie d'Agoult	*Premières années.*
4876. Madame de Lafayette	*Histoire de la princesse de Montpensier et autres nouvelles.*
4877. Madame Riccoboni	*Histoire de M. le marquis de Cressy.*
4878. Madame de Sévigné	*« Je vous écris tous les jours… »*
4879. Madame de Staël	*Trois nouvelles.*
4880. Sophie Chauveau	*L'obsession Vinci.*
4881. Harriet Scott Chessman	*Lydia Cassatt lisant le journal du matin.*
4882. Raphaël Confiant	*Case à Chine.*
4883. Benedetta Craveri	*Reines et favorites.*
4884. Erri De Luca	*Au nom de la mère.*
4885. Pierre Dubois	*Les contes de crimes.*
4886. Paula Fox	*Côte ouest.*

4887.	Amir Gutfreund	*Les gens indispensables ne meurent jamais.*
4888.	Pierre Guyotat	*Formation.*
4889.	Marie-Dominique Lelièvre	*Sagan à toute allure.*
4890.	Olivia Rosenthal	*On n'est pas là pour disparaître.*
4891.	Laurence Schifano	*Visconti.*
4892.	Daniel Pennac	*Chagrin d'école.*
4893.	Michel de Montaigne	*Essais I.*
4894.	Michel de Montaigne	*Essais II.*
4895.	Michel de Montaigne	*Essais III.*
4896.	Paul Morand	*L'allure de Chanel.*
4897.	Pierre Assouline	*Le portrait.*
4898.	Nicolas Bouvier	*Le vide et le plein.*
4899.	Patrick Chamoiseau	*Un dimanche au cachot.*
4900.	David Fauquemberg	*Nullarbor.*
4901.	Olivier Germain-Thomas	*Le Bénarès-Kyôto.*
4902.	Dominique Mainard	*Je voudrais tant que tu te souviennes.*
4903.	Dan O'Brien	*Les bisons de Broken Heart.*
4904.	Grégoire Polet	*Leurs vies éclatantes.*
4905.	Jean-Christophe Rufin	*Un léopard sur le garrot.*
4906.	Gilbert Sinoué	*La Dame à la lampe.*
4907.	Nathacha Appanah	*La noce d'Anna.*
4908.	Joyce Carol Oates	*Sexy.*
4909.	Nicolas Fargues	*Beau rôle.*
4910.	Jane Austen	*Le Cœur et la Raison.*
4911.	Karen Blixen	*Saison à Copenhague.*
4912.	Julio Cortázar	*La porte condamnée* et autres nouvelles fantastiques. cédé d'*Adieu!...*
4914.	Romain Gary	*Les trésors de la mer Rouge.*
4915.	Aldous Huxley	*Le jeune Archimède* précédé de *Les Claxton.*
4916.	Régis Jauffret	*Ce que c'est que l'amour* et autres microfictions.
4917.	Joseph Kessel	*Une balle perdue.*
4918.	Lie-tseu	*Sur le destin* et autres textes.
4919.	Junichirô Tanizaki	*Le pont flottant des songes.*
4920.	Oscar Wilde	*Le portrait de Mr. W. H.*
4921.	Vassilis Alexakis	*Ap. J.-C.*

4922.	Alessandro Baricco	*Cette histoire-là.*
4923.	Tahar Ben Jelloun	*Sur ma mère.*
4924.	Antoni Casas Ros	*Le théorème d'Almodóvar.*
4925.	Guy Goffette	*L'autre Verlaine.*
4926.	Céline Minard	*Le dernier monde.*
4927.	Kate O'Riordan	*Le garçon dans la lune.*
4928.	Yves Pagès	*Le soi-disant.*
4929.	Judith Perrignon	*C'était mon frère...*
4930.	Danièle Sallenave	*Castor de guerre*
4931.	Kazuo Ishiguro	*La lumière pâle sur les collines.*
4932.	Lian Hearn	*Le Fil du destin. Le Clan des Otori.*
4933.	Martin Amis	*London Fields.*
4934.	Jules Verne	*Le Tour du monde en quatre-vingts jours.*
4935.	Harry Crews	*Des mules et des hommes.*
4936.	René Belletto	*Créature.*
4937.	Benoît Duteurtre	*Les malentendus.*
4938.	Patrick Lapeyre	*Ludo et compagnie.*
4939.	Muriel Barbery	*L'élégance du hérisson.*
4940.	Melvin Burgess	*Junk.*
4941.	Vincent Delecroix	*Ce qui est perdu.*
4942.	Philippe Delerm	*Maintenant, foutez-moi la paix!*
4943.	Alain-Fournier	*Le grand Meaulnes.*
4944.	Jerôme Garcin	*Son excellence, monsieur mon ami.*
4945.	Marie-Hélène Lafon	*Les derniers Indiens.*
4946.	Claire Messud	*Les enfants de l'empereur*
4947.	Amos Oz	*Vie et mort en quatre rimes*
4948.	Daniel Rondeau	*Carthage*
4949.	Salman Rushdie	*Le dernier soupir du Maure*
4950.	Boualem Sansal	*Le village de l'Allemand*
4951.	Lee Seung-U	*La vie rêvée des plantes*
4952.	Alexandre Dumas	*La Reine Margot*
4953.	Eva Almassy	*Petit éloge des petites filles*
4954.	Franz Bartelt	*Petit éloge de la vie de tous les jours*
4955.	Roger Caillois	*Noé* et autres textes
4956.	Casanova	*Madame F.* suivi d'*Henriette*
4957.	Henry James	*De Grey, histoire romantique*
4958.	Patrick Kéchichian	*Petit éloge du catholicisme*
4959.	Michel Lermontov	*La Princesse Ligovskoï*

4960. Pierre Péju — *L'idiot de Shangai et autres nouvelles*
4961. Brina Svit — *Petit éloge de la rupture*
4962. John Updike — *Publicité*
4963. Noëlle Revaz — *Rapport aux bêtes*
4964. Dominique Barbéris — *Quelque chose à cacher*
4965. Tonino Benacquista — *Malavita encore*
4966. John Cheever — *Falconer*
4967. Gérard de Cortanze — *Cyclone*
4968. Régis Debray — *Un candide en Terre sainte*
4969. Penelope Fitzgerald — *Début de printemps*
4970. René Frégni — *Tu tomberas avec la nuit*
4971. Régis Jauffret — *Stricte intimité*
4972. Alona Kimhi — *Moi, Anastasia*
4973. Richard Millet — *L'Orient désert*
4974. José Luís Peixoto — *Le cimetière de pianos*
4975. Michel Quint — *Une ombre, sans doute*
4976. Fédor Dostoïevski — *Le Songe d'un homme ridicule et autres récits*
4977. Roberto Saviano — *Gomorra*
4978. Chuck Palahniuk — *Le Festival de la couille*
4979. Martin Amis — *La Maison des Rencontres*
4980. Antoine Bello — *Les funambules*
4981. Maryse Condé — *Les belles ténébreuses*
4982. Didier Daeninckx — *Camarades de classe*
4983. Patrick Declerck — *Socrate dans la nuit*
4984. André Gide — *Retour de l'U.R.S.S.*
4985. Franz-Olivier Giesbert — *Le huitième prophète*
4986. Kazuo Ishiguro — *Quand nous étions orphelins*
4987. Pierre Magnan — *Chronique d'un château hanté*
4988. Arto Paasilinna — *Le cantique de l'apocalypse joyeuse*
4989. H.M. van den Brink — *Sur l'eau*
4990. George Eliot — *Daniel Deronda, 1*
4991. George Eliot — *Daniel Deronda, 2*
4992. Jean Giono — *J'ai ce que j'ai donné*
4993. Édouard Levé — *Suicide*
4994. Pascale Roze — *Itsik*
4995. Philippe Sollers — *Guerres secrètes*
4996. Vladimir Nabokov — *L'exploit*
4997. Salim Bachi — *Le silence de Mahomet*
4998. Albert Camus — *La mort heureuse*

4999.	John Cheever	*Déjeuner de famille*
5000.	Annie Ernaux	*Les années*
5001.	David Foenkinos	*Nos séparations*
5002.	Tristan Garcia	*La meilleure part des hommes*
5003.	Valentine Goby	*Qui touche à mon corps je le tue*
5004.	Rawi Hage	*De Niro's Game*
5005.	Pierre Jourde	*Le Tibet sans peine*
5006.	Javier Marías	*Demain dans la bataille pense à moi*
5007.	Ian McEwan	*Sur la plage de Chesil*
5008.	Gisèle Pineau	*Morne Câpresse*
5009.	Charles Dickens	*David Copperfield*
5010.	Anonyme	*Le Petit-Fils d'Hercule*
5011.	Marcel Aymé	*La bonne peinture*
5012.	Mikhaïl Boulgakov	*J'ai tué*
5013.	Arthur Conan Doyle	*L'interprète grec et autres aventures de Sherlock Holmes*
5014.	Frank Conroy	*Le cas mystérieux de R.*
5015.	Arthur Conan Doyle	*Une affaire d'identité et autres aventures de Sherlock Holmes*
5016.	Cesare Pavese	*Histoire secrète*
5017.	Graham Swift	*Le sérail*
5018.	Rabindranath Tagore	*Aux bords du Gange*
5019.	Émile Zola	*Pour une nuit d'amour*
5020.	Pierric Bailly	*Polichinelle*
5022.	Alma Brami	*Sans elle*
5023.	Catherine Cusset	*Un brillant avenir*
5024.	Didier Daeninckx	*Les figurants. Cités perdues*
5025.	Alicia Drake	*Beautiful People. Saint Laurent, Lagerfeld : splendeurs et misères de la mode*
5026.	Sylvie Germain	*Les Personnages*
5027.	Denis Podalydès	*Voix off*
5028.	Manuel Rivas	*L'Éclat dans l'Abîme*
5029.	Salman Rushdie	*Les enfants de minuit*
5030.	Salman Rushdie	*L'Enchanteresse de Florence*
5031.	Bernhard Schlink	*Le week-end*
5032.	Collectif	*Écrivains fin-de-siècle*
5033.	Dermot Bolger	*Toute la famille sur la jetée du Paradis*
5034.	Nina Bouraoui	*Appelez-moi par mon prénom*

5035.	Yasmine Char	*La main de Dieu*
5036.	Jean-Baptiste Del Amo	*Une éducation libertine*
5037.	Benoît Duteurtre	*Les pieds dans l'eau*
5038.	Paula Fox	*Parure d'emprunt*
5039.	Kazuo Ishiguro	*L'inconsolé*
5040.	Kazuo Ishiguro	*Les vestiges du jour*
5041.	Alain Jaubert	*Une nuit à Pompéi*
5042.	Marie Nimier	*Les inséparables*
5043.	Atiq Rahimi	*Syngué sabour. Pierre de patience*
5044.	Atiq Rahimi	*Terre et cendres*
5045.	Lewis Carroll	*La chasse au Snark*
5046.	Joseph Conrad	*La Ligne d'ombre*
5047.	Martin Amis	*La flèche du temps*
5048.	Stéphane Audeguy	*Nous autres*
5049.	Roberto Bolaño	*Les détectives sauvages*
5050.	Jonathan Coe	*La pluie, avant qu'elle tombe*
5051.	Gérard de Cortanze	*Les vice-rois*
5052.	Maylis de Kerangal	*Corniche Kennedy*
5053.	J.M.G. Le Clézio	*Ritournelle de la faim*
5054.	Dominique Mainard	*Pour Vous*
5055.	Morten Ramsland	*Tête de chien*
5056.	Jean Rouaud	*La femme promise*
5057.	Philippe Le Guillou	*Stèles à de Gaulle* suivi de *Je regarde passer les chimères*
5058.	Sempé-Goscinny	*Les bêtises du Petit Nicolas. Histoires inédites - 1*
5059.	Érasme	*Éloge de la Folie*
5060.	Anonyme	*L'œil du serpent. Contes folkloriques japonais*
5061.	Federico García Lorca	*Romancero gitan*
5062.	Ray Bradbury	*Le meilleur des mondes possibles* et autres nouvelles
5063.	Honoré de Balzac	*La Fausse Maîtresse*
5064.	Madame Roland	*Enfance*
5065.	Jean-Jacques Rousseau	*« En méditant sur les dispositions de mon âme... »*
5066.	Comtesse de Ségur	*Ourson*
5067.	Marguerite de Valois	*Mémoires*
5068.	Madame de Villeneuve	*La Belle et la Bête*
5069.	Louise de Vilmorin	*Sainte-Unefois*
5070.	Julian Barnes	*Rien à craindre*
5071.	Rick Bass	*Winter*

5072. Alan Bennett	*La Reine des lectrices*
5073. Blaise Cendrars	*Le Brésil. Des hommes sont venus*
5074. Laurence Cossé	*Au Bon Roman*
5075. Philippe Djian	*Impardonnables*
5076. Tarquin Hall	*Salaam London*
5077. Katherine Mosby	*Sous le charme de Lillian Dawes*
5078. Arto Paasilinna	*Les dix femmes de l'industriel Rauno Rämekorpi*
5079. Charles Baudelaire	*Le Spleen de Paris*
5080. Jean Rolin	*Un chien mort après lui*
5081. Colin Thubron	*L'ombre de la route de la Soie*
5082. Stendhal	*Journal*
5083. Victor Hugo	*Les Contemplations*
5084. Paul Verlaine	*Poèmes saturniens*
5085. Pierre Assouline	*Les invités*
5086. Tahar Ben Jelloun	*Lettre à Delacroix*
5087. Olivier Bleys	*Le colonel désaccordé*
5088. John Cheever	*Le ver dans la pomme*
5089. Frédéric Ciriez	*Des néons sous la mer*
5090. Pietro Citati	*La mort du papillon. Zelda et Francis Scott Fitzgerald*
5091. Bob Dylan	*Chroniques*
5092. Philippe Labro	*Les gens*
5093. Chimamanda Ngozi Adichie	*L'autre moitié du soleil*
5094. Salman Rushdie	*Haroun et la mer des histoires*
5095. Julie Wolkenstein	*L'Excuse*
5096. Antonio Tabucchi	*Pereira prétend*
5097. Nadine Gordimer	*Beethoven avait un seizième de sang noir*
5098. Alfred Döblin	*Berlin Alexanderplatz*
5099. Jules Verne	*L'Île mystérieuse*
5100. Jean Daniel	*Les miens*
5101. Shakespeare	*Macbeth*
5102. Anne Bragance	*Passe un ange noir*
5103. Raphaël Confiant	*L'Allée des Soupirs*
5104. Abdellatif Laâbi	*Le fond de la jarre*
5105. Lucien Suel	*Mort d'un jardinier*
5106. Antoine Bello	*Les éclaireurs*
5107. Didier Daeninckx	*Histoire et faux-semblants*
5108. Marc Dugain	*En bas, les nuages*
5109. Tristan Egolf	*Kornwolf. Le Démon de Blue Ball*
5110. Mathias Énard	*Bréviaire des artificiers*

Composition Imprimerie Floch.
Impression Novoprint
à Barcelone, le 15 décembre 2010.
Dépôt légal : décembre 2010.

ISBN 978-2-07-044022-1 / Imprimé en Espagne.

178800